빛나는 나를 위한 100일 감사 일기와 분노 일기

지금 여기 감사 일기

그봄출판사는 온전한 세상을 있는 그대로 보는 안목을 기르고,
행복을 나누며 사는 아름다운 세상을 꿈꿉니다. 감사와 사랑의
마음으로 세상을 살아가는 데 도움 되는 책을 만듭니다.

빛나는 나를 위한
100일 감사 일기와 분노 일기

지 금 여 기

감 사 일 기

한산 지음

'감사 일기, 감사 일기 하는데 나도 한번 써볼까?' 하는 마음으로
이 책을 집어 들었을 것이라 생각합니다.

불만족스러운 일상에서 벗어나 새로운 삶의 습관을 만들려는 이
들의 하루 일정에 자주 등장하는 목록이 감사 일기와 명상입니
다. 직접 경험해 본 사람은 누구나 그 이로움을 충분히 공감할 수
있지요. 감사 일기를 쓰고 명상하면서 세상을 바라보는 마음이
변하고, 세상도 있는 그대로 아름답고 아무 문제 없음을 발견하
게 되니까요.

감사 일기를 쓰는 방법은 간단합니다. 매일 감사한 일 3가지만 쓰
면 됩니다. 종교 불문 남녀노소 누구나 지금 당장 시작할 수 있
을 정도로 아주 쉽지만 꾸준히 반복해서 쓰기가 쉽지 않아요.

혼자 감사 일기를 이어 나가기는 힘든 일임을 알기에 100일간 함께 써보자는 마음으로 네이버 카페 〈100일 감사 일기〉를 운영하게 되었습니다. 가입되어 있던 인터넷 카페 몇 군데에 들어가서 함께 할 사람을 모집했어요. 그렇게 20대부터 70대까지, 감사 일기를 처음 써보는 사람부터 쓰다가 그만둔 사람까지 다양한 사람들이 모였습니다.

지금까지 감사 일기를 함께 쓰면서 참여자들이 일상에서 깨어있는 시간도 많아지고, 감사를 발견하는 시간도 늘어남을 눈에 띄게 볼 수 있었습니다. 당연시했던 일상에서 감사를 발견하게 되었다는 감사 일기도 많이 보았어요. 일회성으로 끝날 뻔한 카페가 오로지 감사의 힘으로 지금까지 이어지고 있어요.

감사 일기를 인터넷상에서 함께 쓰는 이로움도 있지만 혼자 조용히 앉아 종이에 써 내려가는 또 다른 이로움이 있기에 책을 기획하게 되었습니다. 분노를 알아차리고 내려놓는 분노 일기도 추가되었고요.

〈지금 여기 감사 일기〉는 당신과 나, 우리가 지금 이 순간 함께 만들어가는 일기장입니다. 저의 역할은 '감사 에세이'를 쓴 것으로 마쳤고, 지금부터는 당신이 감사 일기를 채우는 일만 남았어요. 감사 일기 배턴을 넘길 수 있어 기쁘고 설렙니다.

감사 일기를 쓰면서 단 한 명이라도 자기 자신을 사랑하게 되고 감사의 마음으로 살아가게 된다면 이 책을 만든 목적은 달성했다고 말할 수 있을 거예요.

사랑하는 사람에게 감사 일기 쓰는 방법, 마음 쓰는 방법을 알려
주듯이 제 마음과 사랑을 꾹꾹 눌러 담아 준비했습니다. 이 선물
이 당신 마음에도 들었으면 좋겠습니다.

당신을 언제나 응원합니다.
함께해주셔서 감사합니다. 사랑합니다.

목차

〈지금 여기 감사 일기〉 사용법

1장

1. 감사 에세이

_1_ 지금 이 순간
살아있음에

감사의 눈으로 세상을 바라
감사로 삶을 물들이겠다고
감사 일기를 쓰기로 한 일

하루에 하나 저자의 감사 에세이를 읽고 감사 일기를 씁니다. 마음공부를 하며 깨달은 점, 되새기고 싶은 마음, 힘들었을 때 누군가에게 듣고 싶었던 말, 힘든 누군가에게 해주고 싶은 말을 글로 담았어요.

감사 에세이를 읽고 떠오르는 문장이나 마음을 감사 일기에 써도 됩니다. 누군가와 함께 감사 일기를 쓴다고 생각하면 좀 더 쉽고 편하게 100일을 완성할 수 있을 거예요.

2. 오늘의 명언

꼭 기억하고 싶고, 마음에 울림을 주는 명언을 심사숙고해서 골랐어요. 책 여백을 마음껏 활용해 따라 써봐도 좋아요.

3. 감사 일기

감사 일기 | 있는 그대로 완전해요. 감사해요 / 칭찬해요 / 사랑해요

(1) 오늘도 새로운 하루가 시작됩니다.
지금 이 순간 살아있음에 감사합니다.

(2) 삼시 세끼 밥도 잘 챙겨 먹고 잘 걸어 다니는 나 자신을 칭찬합니다.
잘 살고 있어. 멋져!

(3) 나를 낳아주신 부모님, 이 세상에 태어나게 해주신 것만으로도
감사합니다. 사랑해요.

① 새로운 하루를 시작하며 감사 일기 3가지를 씁니다. 감사한 일에 초점을 맞추어 하루를 시작하면 감사한 하루를 보내게 되지요. 감사한 일이 생각날 때마다 써도 됩니다.

② 대상은 무한합니다. 자신, 몸, 생각, 감정, 가족, 지인, 모르는 사람, 오늘 마주친 사람, 지금 눈앞에 보이는 물건, 장소, 상황, 새로 알고 배운 것 등 어떤 것이든 감사 일기 대상이 될 수 있어요.

③ 내용은 감사, 칭찬, 사랑의 내용을 넣어 자유롭게 쓰면 됩니다. 정해진 형식은 없어요.

④ 감사 거리를 찾다 보면 좀 더 깨어있는 삶을 살게 되고, 감사한 세상에 이미 살고 있다는 걸 깨닫게 됩니다. 당연하게 여기던 것들을 감사의 시선으로 바라보게 되어 있는 그대로 완전함을 느낍니다.

4. 분노 일기(구나·겠지·감사)*

예시

분노 일기 | 아무 문제 없어요. 화나요 / 만나요 / 놓아줘요

구나 : 엄마가 정리를 안 한다고 화를 내는구나.

겠지 : 어제도 정리하라고 말씀하셨는데 아직 치우지 않아서
화가 많이 나셨겠지.

감사 : 정리를 제대로 안 해서 많이 속상하셨을 텐데 화를 내는 것으로
그치셔서 감사하다. 오늘은 깨끗하게 정리해서 엄마 마음을 편
하게 해드려야지.

① 하루를 마치며 화났거나 불편했거나 걸림이 있었던 내용을 씁니다.

② '구나·겠지·감사' 문장을 쓰면서 문제로 보던 상황이 이해되고,
더 이상 문제가 아님을 깨달을 수 있게 맥락이 확장됩니다.

- 구나는 '~가 내게 이러는구나.'로, 해석과 판단 없이 일어난 상
황을 관찰자의 입장에서 객관적으로 바라보게 합니다.

- 겠지는 '그럴만한 이유가 있겠지.'로, 상대방의 행동이나 말에
는 내가 모르는 이유가 있다는 것을 인정합니다. '내 생각만
옳다.'는 집착을 내려놓고 이해하는 마음이 생기면 화는 사라
집니다. 상대방의 입장에서 상황을 바라보고, 일어난 결과를
받아들이게 됩니다.

---

* 용타 스님의 〈마음 알기 다루기 나누기〉 내용을 참고했습니다.

- 감사는 '그나마 다행이다. 이만하니 감사하다.'로, 불편하게 바라보던 부정적인 마음이 긍정적으로 전환되어 감사함을 발견하게 됩니다.

③ 화난 감정을 알아차리고 회피나 억압 없이 감정을 있는 그대로 만날 때, 저절로 놓아지고 아무 문제 없음을 깨닫게 됩니다. 분노, 두려움은 실재하지 않는 환상이기에 만나고 놓아주면 사라지고 감사와 사랑이 드러납니다. 분노 일기는 사실 '지혜 일기'입니다.

5. 오늘 할 일

예시

오늘 할 일

☐ 30분 독서하고 좋은 문장 필사하기 (오늘 꼭 할 일)

☐ 맛있는 저녁 차려 스스로 대접하기 (오늘 하고 싶은 일)

☐ 따뜻한 물로 샤워하기 (지금 당장 할 일)

① 아침에 감사 일기를 쓴 후, 오늘 할 일(오늘 꼭 할 일, 오늘 하고 싶은 일, 지금 당장 할 일 등) 3가지를 씁니다. 작고 평범한 계획도 존중합니다.

② 하루를 마치며 실천한 항목은 체크합니다. ☑

③ 할 일을 실천했으면 스스로 칭찬하고, 하지 못한 것에 대해서는 비난하지 않습니다. 언제나 자기 자신을 사랑하고 응원하는 마음을 유지합니다.

2장

1. 감사력을 키우는 7가지 명상

감사력을 키우는 데 도움이 될 수 있는 7가지 명상을 담았어요. 일상에서 마음을 챙기는 연습을 꾸준히 하면 감사한 마음과 평안한 마음이 더욱 깊게 자리 잡습니다.

- **호흡 명상** : 10분 호흡 명상 3가지입니다.

  호흡을 챙기는 습관을 들여 마음의 힘을 키웁니다.
- **걷기 명상** : 걷기 명상 3가지입니다.

  걸으면서 알아차림의 힘을 키웁니다.
- **음식 명상** : 오롯이 깨어 있는 마음으로 음식을 먹습니다.
- **자애 명상** : 자애의 마음을 무한히 확장합니다.
- **타인으로 바라보기 명상** : 내 몸과 마음을 타인으로 바라보면

  시야가 넓어지고 밝게 깨어납니다.
- **다 된다 명상** : '안 된다.'는 한계를 내려놓고 있는 그대로 완전

  함을 받아들여 마음이 가벼워집니다.
- **나는 몰라 명상** : '나는 안다, 내가 옳다.'는 생각을 내려놓고 있

  는 그대로의 세상을 받아들입니다.

2. 자기 사랑 긍정 확언 33문장

자신을 사랑하고 긍정하는 마음을 키우면, 그 마음이 타인과 세상으로 확장됩니다. 부정적인 성향에 치우쳐 있다면 매일 읽어보기를 권합니다.

3. 오픈마인드 챌린지 100

마음을 활짝 열도록 도와주는 '오픈마인드 챌린지 100'은 읽어보는 것만으로도 삶에 다양한 보기를 만들 수 있습니다.
평소에 해보지 않았던, 새로운 삶의 방식을 하나씩 도전하면서 뇌, 신체의 건강뿐만 아니라 고정관념에서 벗어난 자유로운 마음도 경험할 수 있습니다.

1장|

감사 에세이와 오늘의 명언
감사 일기와 분노 일기

__1 지금 이 순간
살아있음에 감사합니다.

감사의 눈으로 세상을 바라보겠다고,
감사로 삶을 물들이겠다고 선택한 자신을 칭찬합니다.
감사 일기를 쓰기로 한 일이
인생에서 가장 잘한 선택이 될지도 몰라요.

오늘 하루는 어떤 일을 하든
생각을 하든
말을 하든
스스로를 칭찬해주세요.

그동안 수고했어. 이미 잘하고 있어.
충분히 훌륭해. 멋져!

———————————

★ 어제, 나는 영리해서 세상을 바꾸고 싶어 했네. 오늘, 나는 현명해져 나
자신을 바꾸고 있네. _루미

감사 일기 ㅣ 있는 그대로 완전해요. 감사해요 / 칭찬해요 / 사랑해요

1

2

3

분노 일기 ㅣ 아무 문제 없어요. 화나요 / 만나요 / 놓아줘요

구나 :

겠지 :

감사 :

오늘 할 일

☐

☐

☐

__2__ 사랑이 흘러넘치는
오늘 하루에 감사합니다.

우리의 본성은 사랑으로 가득합니다.
해맑은 아이들을 바라보세요.
사랑 그 자체입니다.

까르륵 으하하 웃음소리에
미소 짓지 않을 수 있나요?

우리도 해맑은 어린 시절을 모두 지나왔어요.
이미 우리 안에 사랑이 가득하죠.
매 순간 사랑에 접속할 수 있어요.
사랑 접속 완료!

---

*★ 사랑은 말합니다. "나는 모든 것이다."라고.
지혜는 말합니다. "나는 아무것도 아니다."라고.
그 둘 사이에서 삶은 흘러갑니다. _마하라지

감사 일기 | 있는 그대로 완전해요. 감사해요 / 칭찬해요 / 사랑해요

1
....

2
....

3
....

분노 일기 | 아무 문제 없어요. 화나요 / 만나요 / 놓아줘요

구나
....

겠지
....

감사
....

오늘 할 일

☐ ....

☐ ....

☐ ....

__3__ 솔직하게 말할 수 있는 자유가 있어 감사합니다.

아니요, 하기 싫어요.
힘들어요.
도와주세요.

거절도, 부탁도
말해본 적이 없다면 말을 내뱉기 힘들어요.
익숙해질 때까지 말하는 연습이 필요합니다.

그동안 감정 표현이 서툴고,
마음속 이야기를 쉽게 꺼내지 못했다면
가슴이 답답하고 불안할 수 있어요.

괜찮아요.
지금부터 연습하면 달라질 테니 안심하세요.

⁓⁓⁓⁓⁓⁓⁓⁓

*★ 자신감 있는 표정을 지으면 자신감이 생긴다. _찰스 로버트 다윈

감사 일기 l 있는 그대로 완전해요. 감사해요 / 칭찬해요 / 사랑해요

1

2

3

분노 일기 l 아무 문제 없어요. 화나요 / 만나요 / 놓아줘요

구나

겠지

감사

오늘 할 일

☐

☐

☐

__4__ 하나씩, 천천히
할 수 있어 감사합니다.

빨리빨리, 무조건 열심히, 부지런히, 많이 많이.
글자로 보기만 해도 마음이 급해지네요.
빨리빨리 시대는 지나갔습니다.

지금 눈 앞에 펼쳐진 일을
하나씩, 천천히 해도 괜찮습니다.
편하고 가볍게 할 때 애씀 없는 힘이 생겨요.

사람들은 저마다 속도와 리듬이 다릅니다.
남들 눈치 보지 말고,
내 리듬에 맞춰서 가 봐요.
한발 한발, 조금씩 조금씩.

---

*★ 사랑은 책을 만들고 책은 사랑을 만든다. _신용호

감사 일기 | 있는 그대로 완전해요. 감사해요 / 칭찬해요 / 사랑해요

1

2

3

분노 일기 | 아무 문제 없어요. 화나요 / 만나요 / 놓아줘요

구나 :

겠지 :

감사 :

오늘 할 일

☐

☐

☐

___5___ 두려움은 허상이라 감사합니다.

어릴 적, 옷장 속에 혹은 계단 밑에 귀신이 있을 것 같아
무서웠던 적이 있어요.

귀신이 나올 것 같다는 생각만 하고 있으면
두려움이 계속 커져요.
용기를 내서 확인하면
아무것도 없다는 걸 알게 되어 안심하게 되지요.

두려운 마음이 일어날 때,
회피하거나 억누르지 말고 만나면 사라집니다.

감정은 있는 그대로 인정하고 경험할 때
홀연히 나타난 것처럼, 홀연히 사라집니다.

---

*★ 그대가 매일 아침 눈을 떠 가장 먼저 해야 할 일은, 무사히 아침을 맞음을 감사하는 일이다. _프랑스 속담

월   일

감사 일기 | 있는 그대로 완전해요. 감사해요 / 칭찬해요 / 사랑해요

1

2

3

분노 일기 | 아무 문제 없어요. 화나요 / 만나요 / 놓아줘요

구나

겠지

감사

오늘 할 일

☐

☐

☐

_6_ 오늘이라는
선물이 주어져 감사합니다.

딩동! 오늘이라는 선물이 도착했습니다.
미소 지으며 반갑게 맞아주세요.
하루도 빠짐없이 주어지니 고마운 일입니다.

당연한 것이 당연한 것이 되지 못하는 순간,
우리는 당연한 것들의 소중함을 절실히 느끼게 됩니다.
어느 하나도 당연하지 않았다는 걸 깨닫게 되지요.

오늘이라는 선물을
소중히 받고, 잘 사용하겠습니다.

---

*★ 너에게서 나온 것은 너에게로 돌아간다. _맹자

감사 일기 ㅣ 있는 그대로 완전해요. 감사해요 / 칭찬해요 / 사랑해요

1

2

3

분노 일기 ㅣ 아무 문제 없어요. 화나요 / 만나요 / 놓아줘요

구나 :

겠지 :

감사 :

오늘 할 일

☐

☐

☐

7 감정을
그대로 둘 수 있어서 감사합니다.

불안해서 가슴이 벌렁거리나요?
화가 나서 호흡이 거칠어지나요?
두려워서 마음이 콩알만 해졌나요?
부정적이라 불리는 감정을 회피하고 눌러놓기 바빴어요.

감정은
눌러놓으면 압력이 쌓여 스트레스로 폭발하고,
만나면 있을 만큼 있다 지나갑니다.

이젠 만나야 할 때가 왔어요.
따스한 마음으로 바라봐주세요.
모든 감정과 느낌은 순수한 에너지일 뿐이에요.
겁먹지 마세요. 해치지 않으니까요.

---

*★ 온화함은 그 어느 집도 행복하고 평온하게 만든다. _세네카

감사 일기 ｜ **있는 그대로 완전해요.** 감사해요 / 칭찬해요 / 사랑해요

1

2

3

분노 일기 ｜ **아무 문제 없어요.** 화나요 / 만나요 / 놓아줘요

구나 :

겠지 :

감사 :

오늘 할 일

☐

☐

☐

8 있는 그대로의 나를
사랑할 수 있어 감사합니다.

자존감은 자신을 스스로 존중하고 사랑하는 마음입니다.
오로지 자기 평가입니다.
나만 바꿀 수 있어요.

내 안에 있는 것, 이미 가진 것에 초점을 맞추고 감사할 때
자존감이 높아져요.
자존감의 극단에 열등감과 우월감이 자리하고 있습니다.
비교로부터 고통이 시작되는 것이죠.

비교하지 않으면 더 중요한 사람, 덜 중요한 사람
더 필요한 일, 덜 필요한 일이라는 개념 자체가 사라집니다.

있는 그대로의 나를 다정하게 바라볼 때
자존감이 성장합니다. 쑥쑥.

―――――――――――――

*★ 무엇이든 넓게 경험하고 파고들어 스스로를 귀한 존재로 만들어라.
_세종대왕

감사 일기 ㅣ 있는 그대로 완전해요. 감사해요 / 칭찬해요 / 사랑해요

1

_____

2

_____

3

_____

분노 일기 ㅣ 아무 문제 없어요. 화나요 / 만나요 / 놓아줘요

구나

_____

겠지

_____

감사

_____

오늘 할 일

☐ ....

☐ ....

☐ ....

9 기지개를 켤 수 있는 팔이 있어 감사합니다.

가슴을 열고, 양팔을 쭈욱 뻗어
있는 힘껏 기지개를 켜보세요.
생각날 때마다 가끔 만세를 해보세요.

거인이 위에서 두 팔과 척추를 당기는 것처럼
쭉쭉 늘려준다고 상상해보세요.

발은 땅을 향하고, 손은 하늘을 향할 때
음양의 조화에 맞아 에너지 순환이 좋아진다고 해요.
기분이 좋을 때 팔이 저절로 올라가잖아요.
몸과 마음이 이완되고 가벼워집니다.

---

*★ 이 세상에서 제일 중요한 것은 어떻게 하면 내가 정말 나다워질 수
있는가를 아는 것이다. _몽테뉴

월   일

감사 일기 | 있는 그대로 완전해요. 감사해요 / 칭찬해요 / 사랑해요

1

2

3

분노 일기 | 아무 문제 없어요. 화나요 / 만나요 / 놓아줘요

구나

겠지

감사

오늘 할 일

☐

☐

☐

35

_10_ 마음이 모든 것을
만듦을 알게 되어 감사합니다.

지금 가진 것에 초점을 맞추면
만족스럽고 감사한 마음이 가득해져요.

과거에 가졌던 것,
미래에 가지고 싶은 것에 초점을 맞추면
불안하고 두려운 마음이 가득해져요.

풍요로운 세상은 내 마음의 선택입니다.
당신은 어떤 세상에 살고 있나요?
지금부터는 어떤 세상을 선택할 건가요?

---

*★ 오늘도 내게 주어진 삶을 빈틈없이 살아내고자 한다. _정약용

감사 일기 ㅣ **있는 그대로 완전해요.** 감사해요 / 칭찬해요 / 사랑해요

1

2

3

분노 일기 ㅣ **아무 문제 없어요.** 화나요 / 만나요 / 좋아줘요

구나 :

겠지 :

감사 :

오늘 할 일

☐

☐

☐

__11__ 마음의 주도권이
나에게 있어 감사합니다.

새가
구름이
폭풍이
하늘을 흔들지 못하는 것처럼

누군가의
말이
글이
행동이
내 마음을 흔들지 못해요.

내 마음이 흔들리도록
허락하지 마세요.
곱씹으며 계속 흔들 수 있는 건 자기 자신밖에 없어요.

———————————

*★ 누군가 당신에 대해서 나쁜 말을 한다면 아무도 그 말을 믿지 않을
것이라는 생각으로 살아라. _플라톤

감사 일기 ㅣ **있는 그대로 완전해요.** 감사해요 / 칭찬해요 / 사랑해요

1

_____

2

_____

3

_____

분노 일기 ㅣ **아무 문제 없어요.** 화나요 / 만나요 / 놓아줘요

구나 :

_____

겠지 :

_____

감사 :

_____

오늘 할 일

☐

☐

☐

12   그럴 수도 있겠다는
마음을 낼 수 있어 감사합니다.

인생 게임에 참여하신 당신을 환영합니다.
규칙은 간단해요.

어떤 상황도 통제하거나 바꾸려 하지 말고
'그럴 수 있지.'라고 말하기만 하면 됩니다.
미소를 살짝 지으면 더욱 좋아요.

나도 좋고 상대도 좋은 윈윈게임
지금부터 시작하겠습니다.

어떻게 그럴 수 있어? 그럴 수 있지.
이해가 안 돼! 그렇게 생각할 수도 있구나.
그게 말이 돼? 그럴 수도 있겠다.

---

*★ 꿈을 품고 무언가 할 수 있다면 그것을 시작하라. 새로운 일을 시작하
는 용기 속에 당신의 천재성과 능력과 기적이 모두 숨어 있다. _괴테

감사 일기 | 있는 그대로 완전해요. 감사해요 / 칭찬해요 / 사랑해요

① ~~~~~~

② ~~~~~~

③ ~~~~~~

분노 일기 | 아무 문제 없어요. 화나요 / 만나요 / 놓아줘요

구나 ~~~~~~

겠지 ~~~~~~

감사 ~~~~~~

오늘 할 일

☐ ....

☐ ....

☐ ....

__13__ 심호흡을 할 수 있어 감사합니다.

감정이

막 솟구칠 때

마주하기 무서울 때

두려워 숨어버리고 싶을 때

아랫배 한가득 천천히 숨을 들이쉬고 내쉬며 심호흡해보세요.

감정은 만나야 할 때, 드러나야 할 때

정확히 찾아오는 것뿐이니 잘 만나주세요.

해소되고 싶은 묵은 에너지가 나갈 수 있게 도와주세요.

감정은 무찔러야 할 적이 아니라

지나가는 손님일 뿐입니다.

_____

*★ 지금 겪는 괴로움은 어쩌면 사소한 것일 수도 있어요. _곰돌이 푸

42

감사 일기 ㅣ **있는 그대로 완전해요.** 감사해요 / 칭찬해요 / 사랑해요

①

②

③

분노 일기 ㅣ **아무 문제 없어요.** 화나요 / 만나요 / 놓아줘요

구나

겠지

감사

오늘 할 일

☐

☐

☐

43

14 아무 문제 없음을
알게 되어 감사합니다.

'그때 왜 그랬을까…'
과거 회상, 자기 비난, 후회를 무한 반복하며 살 건가요?

'다음엔 그렇게 하지 말아야지!'
느낌표를 찍는 결심이 필요합니다.

비난과 후회의 쳇바퀴는 그만 즐기고
이젠 나오세요.

같은 실수를 또 한다면?
다시 느낌표를 찍으면 됩니다.
아무 문제 없어요.

---

*★ 남들이 당신을 어떻게 생각할까 너무 걱정하지 마라. 그들은 그렇게 당신에 대해 많이 생각하지 않는다. _프랭클린 루스벨트

감사 일기 | **있는 그대로 완전해요.** 감사해요 / 칭찬해요 / 사랑해요

1

2

3

분노 일기 | **아무 문제 없어요.** 화나요 / 만나요 / 놓아줘요

구나 :

겠지 :

감사 :

오늘 할 일

☐

☐

☐

__15__ 삶이 저절로 자연스레
     펼쳐져 감사합니다.

일이 막혀 앞으로 나가지 않을 때,
자연스럽지 않은 힘을 써야 할 때,
억지로 뚫고 나가려 애쓰지 말고
멈춰서 살펴보아야 해요.

다른 방향으로
다른 관점으로
상황을 바라보고 새로운 선택을 할 시기가 온 겁니다.

더 이상 반복된 길로 가지 말라고 막고 있는
장애물처럼 보이는 선물을 잘 받아주세요.

*★ 이 또한 지나가리라. _솔로몬

감사 일기 ㅣ **있는 그대로 완전해요.** 감사해요 / 칭찬해요 / 사랑해요

1

2

3

분노 일기 ㅣ **아무 문제 없어요.** 화나요 / 만나요 / 놓아줘요

구나

겠지

감사

오늘 할 일

☐

☐

☐

16   집착하는 마음을 알게 되어 감사합니다.

감정을 피하고, 싫어하고, 못 본 체하면
나 여기 있다고, 알아봐달라고 점점 더 커집니다.
싫다고 밀어내는 것도, 좋다고 당기는 것도 집착이에요.

감정을 있는 그대로 온전히 느끼고 경험하면
머물 만큼 머물고 그냥 지나갑니다.

누군가의 말도 피하고, 싫어하고, 못 들은 체하지 않고
진심으로 바라보고 들으면
잔소리로 발전하지 않을 거예요.
할 만큼 하면 끝나게 마련이니까요.

---

*★ 인생은 겸손에 대한 오랜 수업이다. _제임스 매튜 배리

감사 일기 ㅣ **있는 그대로 완전해요.** 감사해요 / 칭찬해요 / 사랑해요

1

2

3

분노 일기 ㅣ **아무 문제 없어요.** 화나요 / 만나요 / 놓아줘요

구나 :

겠지 :

감사 :

오늘 할 일

☐

☐

☐

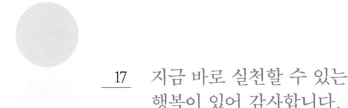

_17 지금 바로 실천할 수 있는
행복이 있어 감사합니다.

관심 어린 눈빛으로 바라보고
다정한 입으로 말하고
존중 담긴 귀로 듣는다면
얼마나 행복할까요.

모두가 이런 눈과 입과 귀를 가진다면
온 세상이 행복해지겠지요.

행복은 그리 어렵지 않아요.
행복은 그리 멀리 있지 않아요.

---

*★ 삶은 소유물이 아니라 순간순간의 있음이다. 영원한 것이 어디 있는가,
모두가 한때일 뿐. 그러나 그 한때를 최선을 다해 최대한으로 살 수 있어
야 한다. 삶은 놀라운 신비요 아름다움이다. _법정

감사 일기 ㅣ 있는 그대로 완전해요. 감사해요 / 칭찬해요 / 사랑해요

| 1

| 2

| 3

분노 일기 ㅣ 아무 문제 없어요. 화나요 / 만나요 / 놓아줘요

구나 :

겠지 :

감사 :

오늘 할 일

☐

☐

☐

18 언제나 행복할 권리가 있어 감사합니다.

우리는
어떤 순간에도 행복할 권리가 있습니다.

누군가의 말 한마디에 화를 내며 보내기에는
내 인생이 아깝잖아요.
내 마음의 주도권을 타인에게 넘겨주지 마세요.

어떤 상황이 와도
행복하겠다고 결심하세요.
가슴을 활짝 열고 받아들이면 됩니다.

행복을 미루지 마세요.
행복을 포기하지 마세요.

---

*★ 나 스스로 확신한다면 나는 남의 확신을 구하지 않는다.
_에드거 앨런 포

감사 일기 ㅣ 있는 그대로 완전해요. 감사해요 / 칭찬해요 / 사랑해요

1

_____

2

_____

3

_____

분노 일기 ㅣ 아무 문제 없어요. 화나요 / 만나요 / 놓아줘요

구나

_____

겠지

_____

감사

_____

오늘 할 일

☐ ....

☐ ....

☐ ....

19   다 괜찮다고
바라볼 수 있어 감사합니다.

나는 문제가 있어.
잘못 살았어. 뭔가 잘못됐어.

언제부터 이런 생각을 하게 된 걸까요.
시작은 알 수도 없고, 중요하지도 않아요.

떠오르는 생각은 생각일 뿐,
심각성을 빼고 가볍게 바라봐주세요.

마음에서 소란스러운 소리가 들려올 때마다
'괜찮아, 생각일 뿐이잖아.'라고 따뜻하게 말해주세요.
다 괜찮다고 보니 정말 아무 문제가 없네요.

---

*★ 아무것도 성취하지 못했을지라도 자신을 존경하라. 거기에 상황을 바꿀 힘이 있으니. 자신을 함부로 비하하지 말라. 멋진 인생을 만드는 첫걸음은 바로 자신을 존경하는 것이다. _니체

감사 일기 Ⅰ 있는 그대로 완전해요. 감사해요 / 칭찬해요 / 사랑해요

1

2

3

분노 일기 Ⅰ 아무 문제 없어요. 화나요 / 만나요 / 놓아줘요

구나

겠지

감사

오늘 할 일

☐

☐

☐

_20_ 다름의 시선을 갖게 되어
감사합니다.

그건 아니지, 넌 틀렸어.

틀렸다고 바라보기 시작하면
옳고 그름의 이분법에서 벗어날 수가 없어요.

시비분별에서 떠나야
다툼이 잠잠해집니다.
내 안에서도, 밖의 세상에서도.

틀림이 아닌 다름으로 바라보기 시작하면
얼마나 다른지만 존재하게 됩니다.

다름을 인정하고 받아들이면 조화로워져요.
서로를 받아들이고 인정하게 되니 화합하게 됩니다.

---

*★ 어떤 사랑을 만났을 때 그 사랑이 당신을 만나고 나서 즐거운 마음을
가질 수 있게 해야 한다. _마더 테레사

감사 일기 ㅣ 있는 그대로 완전해요. 감사해요 / 칭찬해요 / 사랑해요

1

2

3

분노 일기 ㅣ 아무 문제 없어요. 화나요 / 만나요 / 좋아줘요

구나 :

겠지 :

감사 :

오늘 할 일

☐

☐

☐

21 내 인생을 자유롭게 선택할 수 있어 감사합니다.

부지런하지 않아요.
부지런해지고 싶지 않은 거예요.
열심히 할 수 없어요.
열심히 하고 싶지 않은 거예요.
게을러요.
게으르고 싶은 거예요.

이상하거나 잘못된 게 아니라
내 선택이라는 걸 알면 됩니다.

선택권은 언제나 나에게 있으니
선택해도 되고, 선택 안 해도 됩니다.
선택도 내가 하고, 책임도 내가 지면 됩니다.
내 인생이니까요.

---

*★ 사랑은 연습과 좋은 습관으로 지혜를 얻는다. _플라톤

감사 일기 ∣ **있는 그대로 완전해요.** 감사해요 / 칭찬해요 / 사랑해요

1

2

3

분노 일기 ∣ **아무 문제 없어요.** 화나요 / 만나요 / 놓아줘요

구나 :

겠지 :

감사 :

오늘 할 일

☐

☐

☐

22 그냥 해보니
그냥 되어서 감사합니다.

무언가를 하고 싶긴 한데
막상 하려고 하면 두렵고 겁이 날 때가 있어요.

처음부터 완벽하게 잘하려는 생각,
남들에게 잘 보이려는 생각,
이런저런 생각만 하고 있으면
기대심과 두려움만 커지고 정작 아무것도 못하게 돼요.

하고 싶은 마음이 들면
더 이상 생각하지 말고 바로 행동으로 옮겨보세요.

그냥 해보세요.
막상 해보면 '별거 아니네.'라는 말이 뒤따라 나올 거예요.
Just Do It!

---

*★ 자신을 아끼고 사랑할 줄 아는 사람은 남도 아끼고 사랑할 줄 아는
사람이다. _안창호

감사 일기 ㅣ 있는 그대로 완전해요. 감사해요 / 칭찬해요 / 사랑해요

1

2

3

분노 일기 ㅣ 아무 문제 없어요. 화나요 / 만나요 / 놓아줘요

구나

겠지

감사

오늘 할 일

☐

☐

☐

23 다 괜찮다는 걸 알게 되어 감사합니다.

없는 걸 있다고 하는 게 병이에요.
문제가 아닌데 자꾸 문제가 있다고 걱정하는 것도 병이에요.
바른 견해를 가지는 게 그래서 중요하지요.

꼭 해야 해! 라는 강박관념을 내려놓기만 해도
삶을 살기가 훨씬 수월해집니다.
숨이 제대로 쉬어지고 안심이 되죠.
한 생각일 뿐이니까요.

그때그때 하고 싶은 걸 하면서
가볍고 재미있게 살아도 괜찮아요.
다 괜찮잖아요. 뭐 어때요.

---

*★ 자기 생각 이외에 우리가 통제할 수 있는 것은 아무것도 없다.
_데카르트

월   일

감사 일기 l 있는 그대로 완전해요. 감사해요 / 칭찬해요 / 사랑해요

1

2

3

분노 일기 l 아무 문제 없어요. 화나요 / 만나요 / 놓아줘요

구나

겠지

감사

오늘 할 일

☐

☐

☐

63

24 나만 그런 게 아니니
다행이고 감사합니다.

죽고 싶을 때가 있었어요.

미쳐버리겠다고 생각할 때도 있었고요.

부정적인 감정은 오면 안 돼! 라고 생각했던 때도 있었어요.

다양한 감정과 느낌을 폭넓게 경험하는 게

자연스러운 일이라는 걸 깨닫게 되면서

받아들임이 확장되기 시작했어요.

바람이 불고 나뭇잎이 흔들리는 것처럼

감정도, 생각도, 느낌도

자연스레 왔다가는 현상일 뿐이더라고요.

요즘도 우울, 분노, 두려움이 찾아와요.

다들 정도와 시기의 다름이 있을 뿐이지 비슷한 것 같아요.

내 세상의 일부로 받아들이니 안심됩니다.

---

*★ 사소한 일에 행복을 잃지 말라. 화가 나 있는 1분마다 그대는 60초간 의 행복을 잃는다. _랄프 왈도 에머슨

감사 일기 ㅣ 있는 그대로 완전해요. 감사해요 / 칭찬해요 / 사랑해요

1

2

3

분노 일기 ㅣ 아무 문제 없어요. 화나요 / 만나요 / 놓아줘요

구나 :

겠지 :

감사 :

오늘 할 일

☐

☐

☐

65

25 남을 바꾸지 않아도 됨을 알게 되어 감사합니다.

내 마음대로 하고 싶은 욕심,
있는 그대로 봐줄 수 없는 분노를 스스로 견딜 수 없어서
남을 탓하고 통제하며 바꾸려 듭니다.

남을 바꾸려는 마음만 내려놓아도
다툼이 사라집니다.

마음의 평온, 가정의 평안, 세계의 평화가
이미 내 안에 있습니다.

---

*★ 다른 사람을 가르치듯 자기 자신이 행할 수 있다면 그는 진정으로 다른 사람을 가르칠 수 있다. 가장 가르치기 어려운 것은 다른 사람이 아니라 바로 자기 자신이다. 〈법구경〉

감사 일기 ㅣ **있는 그대로 완전해요.** 감사해요 / 칭찬해요 / 사랑해요

1

2

3

분노 일기 ㅣ **아무 문제 없어요.** 화나요 / 만나요 / 놓아줘요

구나

겠지

감사

오늘 할 일

☐

☐

☐

26 나 자신을 위한 하루에
감사합니다.

누군가가 아닌
오로지 자기 자신을 위해
정성스레 음식을 만들고 대접해 보세요.

스스로 만족하고, 행복을 느낄수록
자존감이 올라갑니다.
내 인생의 주인이 됩니다.

---

*★ 인간이 겪는 모든 불행은 오직 한 가지 사실에서 온다. 방 안에서 휴식을 취하며 머물 줄 모른다는 것이다. _파스칼

감사 일기 ㅣ **있는 그대로 완전해요.** 감사해요 / 칭찬해요 / 사랑해요

1

2

3

분노 일기 ㅣ 아무 문제 없어요. 화나요 / 만나요 / 놓아줘요

구나 :

겠지 :

감사 :

오늘 할 일

☐

☐

☐

27   몰라도 괜찮으니
다행이고 감사합니다.

다 이해하지 않아도
다 알지 못해도 괜찮습니다.
어떻게 우주의 미묘한 운영을 다 알 수 있겠어요.
모르는 게 진리에 가깝겠지요.

생각이 시도 때도 없이 올라오면
'몰라.', '아무 문제 없어.'라고 쿨하게 말해주세요.

모름을 인정하고 문제 아님을 받아들이면
생각하는 힘이 빠지고 눈앞의 현실에 충실해집니다.

───────────────

*★ 세상의 변화를 보고 싶다면 나부터 변해야 한다. _마하트마 간디

감사 일기 | 있는 그대로 완전해요. 감사해요 / 칭찬해요 / 사랑해요

1

2

3

분노 일기 | 아무 문제 없어요. 화나요 / 만나요 / 놓아줘요

구나 :

겠지 :

감사 :

오늘 할 일

☐

☐

☐

28 모든 순간이
새롭고 처음이라 감사합니다.

10년을 살았든, 40년을 살았든, 100년을 살았든
매일 마주하는 오늘 하루는 누구에게나 처음이에요.

매 순간이 처음이라면
'또 그런다, 원래 그래, 맨날 저래.'라는 말은
성립되지 않는 허구임을 깨닫게 됩니다.
과거의 짐을 내려놓고 새로운 오늘을 만나요.

갓 태어난 아기가 호기심 어린 눈으로 세상을 바라보듯
지금 만나는 감정, 느낌, 상황을 처음의 눈으로 바라보아요.
오늘 처음 온 손님이니 다정하게 맞아주세요.

---

*★ 만난 사람 모두에게서 무언가를 배울 수 있는 사람이 세상에서 제일
현명하다. 〈탈무드〉

감사 일기 ㅣ 있는 그대로 완전해요. 감사해요 / 칭찬해요 / 사랑해요

1
_____

2
_____

3
_____

분노 일기 ㅣ 아무 문제 없어요. 화나요 / 만나요 / 놓아줘요

구나
_____

겠지
_____

감사
_____

오늘 할 일

☐ _____
☐ _____
☐ _____

29   있는 그대로
      만날 수 있어 감사합니다.

진정한 자기 자신과 만나기 위해
우리는 길을 떠나는 것 같아요.

가는 도중에 우울, 불안, 두려움, 무력함,
자기 비하, 죄책감, 피해망상, 분노 등
온갖 감정을 다 만나게 되니
그리 호락호락한 여정은 아니에요.
만나야 품을 수 있게 되고 껴안을 수 있게 됩니다.

도망치지 않고 직면할 때,
무서운 뱀이 아니라 한갓 밧줄임을 깨닫게 됩니다.
지금 여기에서 행복을 발견할 수 있으니
정말 다행이고 안심입니다.

----

* ★ 여기에 보이는 건 껍데기에 지나지 않아. 가장 중요한 것은 눈에 보이지
않아. 〈어린왕자〉

월   일

감사 일기 | 있는 그대로 완전해요. 감사해요 / 칭찬해요 / 사랑해요

1

2

3

분노 일기 | 아무 문제 없어요. 화나요 / 만나요 / 놓아줘요

구나

겠지

감사

오늘 할 일

☐

☐

☐

75

_30_ 내 인생의 주인으로
살 수 있어 감사합니다.

토마토라는 재료를 어떻게 요리하느냐에 따라
수프, 피자, 샐러드가 됩니다.

삶이라는 재료를 어떻게 요리하고 싶나요?
감사를 뿌리면 감사하는 삶이 되고
분노를 뿌리면 분노하는 삶이 되고
걱정을 뿌리면 걱정하는 삶이 되고
평안을 뿌리면 평안한 삶이 됩니다.

삶의 주도권과 선택권은 언제나 나에게 있습니다.
인생의 주인은 자기 자신이니까요.

---

*★ 지나간 슬픔에 새로운 눈물을 낭비하지 말라. _에우리피데스

감사 일기 ㅣ **있는 그대로 완전해요.** 감사해요 / 칭찬해요 / 사랑해요

1

2

3

분노 일기 ㅣ **아무 문제 없어요.** 화나요 / 만나요 / 좋아줘요

구나 :

겠지 :

감사 :

오늘 할 일

☐

☐

☐

31 순간마다 감사를 선택할 수 있어 감사합니다.

감사한 삶을 살겠다고 마음먹어 보세요.
결심하면 감사한 마음이 정말 일어납니다.

특별히 감사한 일이 있어서 감사하는 것이 아니라
감사한 마음을 내기 때문에 감사한 삶이 펼쳐집니다.

무슨 일이 있어도 감사한 마음으로 살겠다고 다짐해보세요.
어느 순간 언짢은 일들이 사라지고
감사 속에 살고 있는 자신을 발견하게 될 거예요.

---

*★ 모든 사람이 그를 좋아하더라도 반드시 살피고 모든 사람이 그를 미워하
더라도 반드시 살펴야 한다. _공자

감사 일기 ｜ **있는 그대로 완전해요.** 감사해요 / 칭찬해요 / 사랑해요

1

2

3

분노 일기 ｜ **아무 문제 없어요.** 화나요 / 만나요 / 놓아줘요

구나 :

겠지 :

감사 :

오늘 할 일

☐

☐

☐

32 사랑과 감사의 힘이 무한해 감사합니다.

우리의 본성은 사랑, 감사와 닿아 있습니다.

속상함, 미움, 원망의 마음이 있다면
그릇된 견해를 가지고 있다는 걸 알아차려야 해요.

무언가 불편하고 찜찜하다면
놓치고 있던 사랑과 감사를 되찾아야 할 시간입니다.

사랑과 감사의 힘이 커질수록
마음의 그릇도 커지고 '나'라는 집착이 옅어집니다.
나와 너가 다르지 않고
우리는 모두 연결되어 있음을 느끼게 됩니다.

---

*★ 행복하고 싶다면, 행복하라. _레프 톨스토이

감사 일기 I **있는 그대로 완전해요.** 감사해요 / 칭찬해요 / 사랑해요

1

2

3

분노 일기 I **아무 문제 없어요.** 화나요 / 만나요 / 놓아줘요

구나

겠지

감사

오늘 할 일

☐

☐

☐

33 스스로를 칭찬할 수 있어
감사합니다.

우리가 아기일 때는 하고 싶은 대로 다 해도 칭찬만 들었어요.
똥을 누어도 잘한다 잘한다.
트림을 해도 잘한다 잘한다.
일어서기만 해도 박수 세례를 받았습니다.

조금씩 나이가 들면서
'이건 안 돼, 저렇게 해야 해, 친구는 그렇게 안 하잖아.'
충고와 비교의 말을 들으면서
본성을 눌러 주눅 들고, 자신감이 사라졌어요.

자신감은 내면으로부터 나오는 자신을 믿는 마음입니다.
자신감이 없다는 착각에서 벗어나 보세요.
스스로 인정하고 가치있다 느낄 때
자신감이 자연스레 차오릅니다.

———————————

*★ 내 기분은 내가 정해. 오늘 기분은 행복으로 할래.
〈이상한 나라의 앨리스〉

감사 일기 ㅣ 있는 그대로 완전해요. 감사해요 / 칭찬해요 / 사랑해요

1

2

3

분노 일기 ㅣ 아무 문제 없어요. 화나요 / 만나요 / 좋아줘요

구나

겠지

감사

오늘 할 일

☐

☐

☐

_34 무한한 가능성이 있어 감사합니다.

같은 패턴의 고통을 반복해서 경험하고 있다면
정신을 번쩍 차려야 합니다.

사지선다, 오지선다, 무한선다도 아니고
하나의 보기로 같은 오답만 줄곧 선택하고 있으니까요.

삶에는 무한한 가능성이 있다는 걸 기억하세요.
정해진 답도 없고 보기는 무한히 많습니다.

다른 사람의 인생을 보고 듣고, 책이나 영화로 간접 경험을 해도
다양한 보기가 생겨납니다.

무한한 보기를 만들어보세요.
무한한 삶이 펼쳐집니다.

---

*★ 내 언어의 한계는 내 세계의 한계를 의미한다. _비트겐슈타인

감사 일기 ┃ **있는 그대로 완전해요.** 감사해요 / 칭찬해요 / 사랑해요

1

2

3

분노 일기 ┃ 아무 문제 없어요. 화나요 / 만나요 / 놓아줘요

구나 :

겠지 :

감사 :

오늘 할 일

☐

☐

☐

__35__ 본성을 발견할 수 있어 감사합니다.

고요한 마음으로 알아차림을 유지하는 것이
명상입니다.

잘해야지! 열심히 해야지!
마음의 긴장과 욕심을 알고 내려놓는 것이
마음공부입니다.

내가 옳다는 걸 증명하기 위해서가 아니라
자유로워지기 위해서 명상하고 마음공부를 합니다.
본래 주어진 자유를, 본성을 발견하기 위해서요.

---

*★ 어떤 자질을 원한다면, 이미 그걸 갖고 있는 것처럼 행동하라.
_윌리엄 제임스

감사 일기 | 있는 그대로 완전해요. 감사해요 / 칭찬해요 / 사랑해요

1

2

3

분노 일기 | 아무 문제 없어요. 화나요 / 만나요 / 놓아줘요

구나

겠지

감사

오늘 할 일

☐

☐

☐

_36_ 지금 살아 있음에 감사합니다.

깨어있는 삶을 위해 알람을 맞춰보세요.
15분마다, 30분마다.

알람이 울리면
모든 동작과 생각을 그대로 멈춥니다.

눈을 감고 심호흡합니다.
숨을 들이쉬며 편안하다,
숨을 내쉬며 이완된다.

호흡을 알아차리며 지금 이 자리로 돌아옵니다.
현존함을 오롯이 느끼면 안심됩니다.
이렇게 숨 쉬고 있음에, 살아있음에 감사하게 됩니다.

---

*★ 현명하라, 그리고 천천히 하라. 빨리 달리면 이 두 가지가 흔들린다.
_윌리엄 셰익스피어

감사 일기 ㅣ **있는 그대로 완전해요.** 감사해요 / 칭찬해요 / 사랑해요

1

2

3

분노 일기 ㅣ **아무 문제 없어요.** 화나요 / 만나요 / 놓아줘요

구나 :

겠지 :

감사 :

오늘 할 일

☐

☐

☐

37 존재의 아름다움을 볼 수 있어 감사합니다.

누군가와 닮으려고 노력할 필요 없습니다.
개나리가 벚꽃이 되려고 노력할 필요 있나요?

개나리는 개나리일 때
벚꽃은 벚꽃일 때
존재 자체로 빛나고 아름다워요.

우리는 모두 존재 자체로 빛나고 아름답습니다.
이미 사랑스러운 존재입니다.
당신도 그러합니다.

---

*★ 인생에 주어진 의무는 다른 아무것도 없다네. 그저 행복하라는 한 가지
의무뿐. _헤르만 헤세

감사 일기 ㅣ **있는 그대로 완전해요.** 감사해요 / 칭찬해요 / 사랑해요

ㅣ

2

3

분노 일기 ㅣ **아무 문제 없어요.** 화나요 / 만나요 / 놓아줘요

구나 :

겠지 :

감사 :

오늘 할 일

☐

☐

☐

38 보물 같은
오늘 하루에 감사합니다.

사소한 변화들이 모이고 모이면
어느 순간 임계점을 넘어 새로운 삶이 펼쳐지기 시작합니다.

오늘 일으킨 감사한 마음이 모이고 모여
어느 순간 내 인생을 송두리째 바꿀 거예요.
감사한 마음을 오늘도 발견할 수 있어 감사합니다.

*★ 당신을 과소평가하는 사람들을 멀리하라. 그런 사람들은 소인배에 불
과하다. 그리고 당신도 훌륭한 사람이 될 수 있다고 믿게 해주는 진정으로
훌륭한 이들을 가까이하라. _마크 트웨인

감사 일기 Ⅰ 있는 그대로 완전해요. 감사해요 / 칭찬해요 / 사랑해요

①
_____

②
_____

③
_____

분노 일기 Ⅰ 아무 문제 없어요. 화나요 / 만나요 / 놓아줘요

구나
_____

겠지
_____

감사
_____

오늘 할 일

☐ ....
☐ ....
☐ ....

39   스스로 치유할 수 있어 감사합니다.

가슴이 답답하고 숨쉬기 불편하고
사소한 일에 슬픔, 분노의 감정이 북받쳐 올라온다면
치유가 필요한 시점입니다.

오래된 상처가
건드려질 때마다 아픈 거예요.

누군가에게 듣고 싶었던 말,
따뜻하고 부드러운 말을 자신에게 해주세요.

많이 힘들었지. 그동안 수고했어.
다 괜찮아질 거야. 이미 지나간 일이니 이젠 안심해도 돼.
그동안 모른 척해서 미안해. 잘 하고 있어.
내 잘못이 아니야. 잘 살아줘서 고마워.

_____

*★ 당신이 되고 싶었던 어떤 존재가 되기에는 지금도 결코 늦지 않았다.
_조지 엘리엇

감사 일기 ㅣ 있는 그대로 완전해요. 감사해요 / 칭찬해요 / 사랑해요

1

2

3

분노 일기 ㅣ 아무 문제 없어요. 화나요 / 만나요 / 놓아줘요

구나

겠지

감사

오늘 할 일

☐ ·····

☐ ·····

☐ ·····

_40_ 거부할 자유가 있어 감사합니다.

당신의 화는 받지 않겠어요.

당신의 짜증은 받지 않겠어요.

당신의 미움은 받지 않겠어요.

당신의 걱정은 받지 않겠어요.

받기를 거부한 선물은

고스란히 준 사람에게 되돌아갑니다.

---

*★ 우리는 젊을 때 배우고, 나이가 들어서 이해한다.

_마리 폰 에브너 에셴바흐

월   일

감사 일기 ㅣ 있는 그대로 완전해요. 감사해요 / 칭찬해요 / 사랑해요

|

2

3

분노 일기 ㅣ 아무 문제 없어요. 화나요 / 만나요 / 좋아줘요

구나 :

겠지 :

감사 :

오늘 할 일

☐
☐
☐

__41__ 전체 공간을 인지할 수 있어서 감사합니다.

감정이 복받칠 때
감정에 사로잡힐까 두려울 때
생각이 머릿속을 어지럽힐 때
마음을 확장해서 전체 공간을 인지해보세요.

깊은 호흡이 저절로 쉬어지면서
내 몸에 집착된 힘이 빠져나갑니다.

감정과 생각이 흘러갈 공간을 내어주세요.
그것만으로도 충분합니다.

---

*★ 이 세상의 모든 것은 꿈, 환상, 물거품, 그림자 같으며, 이슬, 번개 같으니 마땅히 이와 같이 보아야 한다. 〈금강경〉

감사 일기 ㅣ 있는 그대로 완전해요. 감사해요 / 칭찬해요 / 사랑해요

1

2

3

분노 일기 ㅣ 아무 문제 없어요. 화나요 / 만나요 / 놓아줘요

구나 :

겠지 :

감사 :

오늘 할 일

☐

☐

☐

42 스스로 솔직할 수 있어
감사합니다.

힘들어.
이젠 지쳤어.
나도 할 만큼 했어.

무슨 일이든, 언제나 그만두어도 괜찮습니다.
그만두기 전에 한 번만 생각해보세요.
진심으로 최선을 다한 거 맞나?

혹시 하기 싫다는 생각에 무기력해진 건 아닌지,
내 마음대로 되지 않아 투정 부리고 있는 건 아닌지,
내가 진짜로 원하는 게 뭔지 솔직하게 물어보세요.
마음에 귀 기울여주세요.

★★ 만족할 줄 아는 사랑은 진정한 부자이고, 탐욕스러운 사랑은 진실로
가난한 사랑이다. _솔론

감사 일기 ㅣ **있는 그대로 완전해요.** 감사해요 / 칭찬해요 / 사랑해요

①

②

③

분노 일기 ㅣ **아무 문제 없어요.** 화나요 / 만나요 / 놓아줘요

구나

겠지

감사

오늘 할 일

☐

☐

☐

43 한 발 떨어져
바라볼 수 있어 감사합니다.

좋으면 좋다고 당기고
싫으면 싫다고 밀어내는 것
이것이 고통의 원인, 집착입니다.

밀고 당기기를 쉼 없이 하니
얼마나 피곤하고 힘들어요.

이런 걸 좋아하는구나.
저런 걸 싫어하는구나.
한 발 떨어져 지켜보기 시작하면
평온함이 한가득 채워져요.

★★ 눈을 조심하여 남의 잘못을 보지 말고 맑고 아름다운 것만을 보라. 입을
조심하여 쓸데없는 말을 하지 말고 착한 말, 바른 말만 하라.
〈숫타니파타〉

감사 일기 ㅣ **있는 그대로 완전해요.** 감사해요 / 칭찬해요 / 사랑해요

①

②

③

분노 일기 ㅣ **아무 문제 없어요.** 화나요 / 만나요 / 좋아줘요

구나

겠지

감사

오늘 할 일

☐ _____

☐ _____

☐ _____

44 힘 빼며 살 수 있어 감사합니다.

힘 빼고 이완하기
힘주고 긴장하기

힘 빼며 살 것인가,
힘주며 살 것인가,
스스로 선택할 수 있어요.

잠시 눈을 감고 몸을 바라보세요.
긴장한 곳이 어디인지,
다정하게 바라보며 이완해주세요.
깊이 내쉬는 숨에 긴장도 함께 빠져나갑니다.

꽉 쥔 주먹 활짝 펴고 살아요.

----

*★ 행복의 문이 하나 닫히면 다른 문이 열린다. 그러나 우리는 종종 닫힌 문
을 멍하니 바라보다가 우리를 향해 열린 문을 보지 못하게 된다.
_헬렌 켈러

감사 일기 ㅣ **있는 그대로 완전해요.** 감사해요 / 칭찬해요 / 사랑해요

1

2

3

분노 일기 ㅣ **아무 문제 없어요.** 화나요 / 만나요 / 놓아줘요

구나 :

겠지 :

감사 :

오늘 할 일

☐

☐

☐

45 흘러가는 것을
흘러가게 둘 수 있어 감사합니다.

우리의 삶은 무상하게 흘러갑니다.
흐르는 삶을 잡을 것인가,
흘러가게 둘 것인가.

생각은 흘러갑니다.
흐르는 생각을 잡을 것인가,
흘러가게 둘 것인가.

감정은 흘러갑니다.
흐르는 감정을 잡을 것인가,
흘러가게 둘 것인가.

---

*★ 당신은 도망쳤다고 해서 용기가 없다는 불행한 인상을 받고 있지만, 당
신은 용기와 지혜를 혼동하고 있는 거야. 〈오즈의 마법사〉

감사 일기 ｜ 있는 그대로 완전해요. 감사해요 / 칭찬해요 / 사랑해요

1

2

3

분노 일기 ｜ 아무 문제 없어요. 화나요 / 만나요 / 놓아줘요

구나

겠지

감사

오늘 할 일

☐

☐

☐

46 동일시에서 벗어날 수 있어 감사합니다.

감정이 벅차오를 때
두려움이 엄습할 때
불안에 온몸이 떨릴 때

몸에서 느껴지는 미세한 감각과 진동을
가만히 느껴보세요.
편안히 지켜보세요.

내 것이 아닌 것처럼,
외부 대상을 관찰하는 것처럼.

한 발 떨어져 보면 동일시에서 벗어납니다.
가슴을 열고 있는 그대로를 경험할 수 있습니다.

---

*★ 모든 말과 행동을 칭찬하는 사랑보다 친절하게 단점을 말해주는 친구를 가까이 두어라. _소크라테스

감사 일기 Ⅰ **있는 그대로 완전해요.** 감사해요 / 칭찬해요 / 사랑해요

1

2

3

분노 일기 Ⅰ **아무 문제 없어요.** 화나요 / 만나요 / 놓아줘요

구나 :

겠지 :

감사 :

오늘 할 일

☐

☐

☐

<u>47</u> 마음을 열 수 있어 감사합니다.

똑똑똑!
문 좀 열어주세요.
몸과 마음 곳곳에 방어막이 있어요.

기쁨이 흐를 수 있게
사랑이 흐를 수 있게
슬픔이 흐를 수 있게
분노가 흐를 수 있게
활짝 열어주세요.

모두 통할 수 있게
하나가 될 수 있게.

---

*★ 경험은 다른 사람의 말보다 진실한 안내자이다. _레오나르도 다빈치

감사 일기 | 있는 그대로 완전해요. 감사해요 / 칭찬해요 / 사랑해요

1

2

3

분노 일기 | 아무 문제 없어요. 화나요 / 만나요 / 놓아줘요

구나 :

겠지 :

감사 :

오늘 할 일

☐

☐

☐

48 감정의 압력을
뺄 수 있어 감사합니다.

압력 쌓인 밥솥은

김을 뿜어 압력을 뺍니다.

감정이라는 압력이 쌓인 우리 몸과 마음도

압력을 뺄 시간이 필요해요.

억압된 감정이 풀어져 나갈 때

막혔던 마음이 풀리고, 막혔던 일이 풀리기 시작해요. 술술.

*★ 마음이라는 배에서 물을 퍼내라. 그러면 배는 경쾌하게 나아갈 것이다.
탐욕과 분노와 망상을 쓸어낸다면 마음은 자유의 경지로 향할 것이다.
〈법구경〉

감사 일기 ㅣ **있는 그대로 완전해요.** 감사해요 / 칭찬해요 / 사랑해요

①

_____

②

_____

③

_____

분노 일기 ㅣ **아무 문제 없어요.** 화나요 / 만나요 / 놓아줘요

구나

_____

겠지

_____

감사

_____

오늘 할 일

☐ ....

☐ ....

☐ ....

49 긍정적인 말을 할 수 있어 감사합니다.

가벼워 즐거워 유쾌해 안전해
편안해 이완돼 행복해 존중해
유연해 따뜻해 다정해 편안해
안심돼 초연해 여유로워 느긋해
다 괜찮아 좋아 고마워 사랑해

긍정적인 말을 하는 것만으로도
긍정적인 마음 상태를 느끼게 됩니다.

긍정을 느끼는 순간, 이미 긍정이 되었네요.
말의 기적입니다.

*★ 어제 이야기는 아무 의미가 없어요. 왜냐하면 지금의 난 어제의 내가
아니거든요. 〈이상한 나라의 앨리스〉

감사 일기 Ι 있는 그대로 완전해요. 감사해요 / 칭찬해요 / 사랑해요

1

2

3

분노 일기 Ι 아무 문제 없어요. 화나요 / 만나요 / 좋아줘요

구나

겠지

감사

오늘 할 일

☐

☐

☐

_50_ 긴장을 흘려보낼 수 있어 감사합니다.

머리끝부터 발끝까지
긴장을 놓기로 결심해보세요.

심호흡하며 편안히 이완해봅니다.
몸에 쌓인 긴장이 흘러가요.

긴장을 풀면
몸과 마음이 가벼워지고 자유로워집니다.

마음이 열리고
나 자신과 오붓한 사이가 됩니다.

---

*★ 고요히 마음을 가다듬어 동요하지 않음이 마음의 근본이다. _이황

감사 일기 | 있는 그대로 완전해요. 감사해요 / 칭찬해요 / 사랑해요

/

2

3

분노 일기 | 아무 문제 없어요. 화나요 / 만나요 / 놓아줘요

구나 :

겠지 :

감사 :

오늘 할 일

☐
☐
☐

_51_ 스스로 질문할 수 있어 감사합니다.

오늘 하루 어땠어?

뭐가 재미있어?

무엇을 좋아해?

행복해? 용서할 수 있어?

진짜로 원하는 게 뭐야?

가끔은

마음에 질문을 던져보세요.

하고 싶은 말이 많을 거예요.

---

*★ 오랫동안 꿈을 그리는 사람은 마침내 그 꿈을 닮아 간다. _앙드레 말로

감사 일기 ㅣ 있는 그대로 완전해요. 감사해요 / 칭찬해요 / 사랑해요

1

2

3

분노 일기 ㅣ 아무 문제 없어요. 화나요 / 만나요 / 놓아줘요

구나 :

겠지 :

감사 :

오늘 할 일

☐

☐

☐

52 지금 행복을 발견할 수 있어
감사합니다.

몇 년 후,
무언가 이룬 뒤가 아닌
지금 당장 행복해질 수 있습니다.

왜 행복을 미루기만 하나요.
행복은 지금 여기서 발견하는 거예요.

지금 존재하는 것에 마음을 둘 때
이미 있는 행복이 드러납니다.

---

*★ 인생에서 두려워해야 할 건 아무것도 없다. 그것은 이해의 대상일 뿐이다. 지금은 더 많은 걸 이해해야 할 때다. 우리의 두려움을 줄일 수 있도록.
_마리 퀴리

감사 일기 | 있는 그대로 완전해요. 감사해요 / 칭찬해요 / 사랑해요

1

2

3

분노 일기 | 아무 문제 없어요. 화나요 / 만나요 / 놓아줘요

구나

겠지

감사

오늘 할 일

☐

☐

☐

53 진짜 하고 싶은 일을
찾을 수 있으니 감사합니다.

무엇을 할지 망설여진다면
이렇게 생각해보세요.

나는 수백억 넘는 돈을 가지고 있다.
이제 무얼 할까?

나는 일주일 뒤에 죽는다.
지금 무얼 할까?

---

*★ 마음의 준비만이라도 되어 있으면 모든 준비는 완료된 것이다.
_윌리엄 셰익스피어

감사 일기 ㅣ 있는 그대로 완전해요. 감사해요 / 칭찬해요 / 사랑해요

①

②

③

분노 일기 ㅣ 아무 문제 없어요. 화나요 / 만나요 / 놓아줘요

구나

겠지

감사

오늘 할 일

☐ _____

☐ _____

☐ _____

54   거리두기를 할 수 있어 감사합니다.

함께 있으면

힘이 생기고, 미소 지어지고, 편안해지는 사람과 만나세요.

행복한 사람은 만나면 만날수록 행복해져요.

함께 있으면

힘이 빠지고, 짜증 나고, 불편해지는 사람과 거리를 두세요.

힘이 차오를 때까지 만남을 미루어주세요.

*★ 인생에서 무엇을 하든지 창의적이고 지적이며 두뇌를 발달시키고 싶다면, 여러분은 모든 것이 어떤 식으로든 다른 모든 것과 연결된다는 인식을 가지고 모든 것을 해야 한다. _레오나르도 다빈치

감사 일기 ┃ 있는 그대로 완전해요. 감사해요 / 칭찬해요 / 사랑해요

1

2

3

분노 일기 ┃ 아무 문제 없어요. 화나요 / 만나요 / 놓아줘요

구나 :

겠지 :

감사 :

오늘 할 일

☐

☐

☐

55 모두가 연결됨을
느낄 수 있어 감사합니다.

우리가 모두 하나로 연결되어 있다면
세상이 얼마나 달라 보일까요.

이 멋있는 사람도,
그 우아한 사람도,
저 유머러스한 사람도 모두 다 나입니다.

더 이상 부러워하지도 질투하지도 않겠지요.
함께 기뻐하고 즐기며 마음이 풍요로워지겠지요.

----

*★ 엘리자가 말했어요. 세상은 생각대로 되지 않는다고. 하지만 생각대로
되지 않는다는 건 정말 멋지네요. 생각지도 못했던 일이 일어나는걸요.
〈빨간 머리 앤〉

감사 일기 ㅣ **있는 그대로 완전해요.** 감사해요 / 칭찬해요 / 사랑해요

①
_____

②
_____

③
_____

분노 일기 ㅣ **아무 문제 없어요.** 화나요 / 만나요 / 놓아줘요

구나
_____

겠지
_____

감사
_____

오늘 할 일

☐ _____

☐ _____

☐ _____

56 연민과 사랑으로
바라볼 수 있어 감사합니다.

우리가 정말 하나로 연결되어 있다면
세상이 얼마나 달라 보일까요.

이 피난민도,
그 병든 사람도,
저 불행한 사람도 모두 다 나입니다.

더 이상 남 일처럼 무관심하게 바라보지 않겠지요.
누구를 보아도 연민과 사랑으로 가슴 뜨거워지겠지요.

★ 해야 할 것을 하라. 모든 것은 타인의 행복을 위해서, 동시에 특히 나의
행복을 위해서이다. _레프 톨스토이

감사 일기 I 있는 그대로 완전해요. 감사해요 / 칭찬해요 / 사랑해요

1

2

3

분노 일기 I 아무 문제 없어요. 화나요 / 만나요 / 놓아줘요

구나 :

겠지 :

감사 :

오늘 할 일

- [ ]
- [ ]
- [ ]

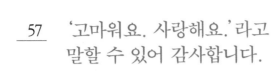

57 '고마워요. 사랑해요.'라고
말할 수 있어 감사합니다.

고마워요. 사랑해요.
하면 할수록 좋은 말
들으면 들을수록 좋은 말

말하지 않아도 알 것 같지만
말하지 않으면 모르고 서운해요.

듣기만을 바라지 말고 먼저 말해주세요.
좋은 말을 하는 순간
제일 먼저 듣는 사람은 나 자신입니다.

오늘부터 해보세요.
모두가 행복해져요.
고마워요. 사랑해요.

———————————

*★ 기뻐하고 인내하라. 그러면 마음이 풍요로워질 것이다. _이집트 격언

감사 일기 I 있는 그대로 완전해요. 감사해요 / 칭찬해요 / 사랑해요

1

2

3

분노 일기 I 아무 문제 없어요. 화나요 / 만나요 / 놓아줘요

구나 :

겠지 :

감사 :

오늘 할 일

☐

☐

☐

58 멈추고 기다릴 수 있으니 감사합니다.

도움을 주려 애쓰기보다는
스스로 변화의 시기를 만날 때까지,
도움을 요청할 때까지 기다려주세요.

도와주려는 마음이 선해 보이지만
내가 원하는 대로 바꾸고 통제하려는 욕심은 아닌지,
솔직히 살펴보아야 해요.

나와 남을 믿고 지켜보는 지혜
모두의 행복을 위해 필요합니다.

---

*★ 인생이란 학교에는 불행이란 훌륭한 스승이 있다. 그 스승 때문에 우리는 더욱 단련되는 것이다. _프리체

감사 일기 ㅣ **있는 그대로 완전해요.** 감사해요 / 칭찬해요 / 사랑해요

①

②

③

분노 일기 ㅣ **아무 문제 없어요.** 화나요 / 만나요 / 놓아줘요

구나

겠지

감사

오늘 할 일

☐

☐

☐

59 일상이 기적이니 감사합니다.

당연한 것이 사라진 순간 깨닫게 됩니다.
그것이 얼마나 대단한 일이었는지를,
전혀 당연하지 않았다는 사실을.

걸을 수 없을 때
눈이 보이지 않을 때
가진 것을 잃었을 때
숨을 쉴 수 없을 때

당연해서 인지조차 못 했던 일들이
기적 같은 일이었음을 깨닫게 됩니다.

지금 이 순간 살아있음에 감사합니다.
무탈한 일상에 감사합니다.

★★ 진정한 용기는 두려울 때 위험에 직면하는 거야. 〈오즈의 마법사〉

감사 일기 ㅣ 있는 그대로 완전해요. 감사해요 / 칭찬해요 / 사랑해요

1

2

3

분노 일기 ㅣ 아무 문제 없어요. 화나요 / 만나요 / 놓아줘요

구나

겠지

감사

오늘 할 일

☐

☐

☐

60 깨어있는 마음으로 살 수 있으니 감사합니다.

아무리 훌륭하고 정의로운 일을 한다 해도
'나는 옳고, 너는 틀렸어.'
분별하고 심판하는 마음을 일으킨다면
진리와 멀어집니다.

잘났다고 우쭐거리며 교만해지거나
못났다고 우물거리며 비굴해지지 않도록
언제나 깨어 있는 마음으로 살아요, 우리.

---

*★ 편견은 내가 다른 사람을 사랑하지 못하게 하고, 오만은 다른 사람이
나를 사랑할 수 없게 만든다. _제인 오스틴

감사 일기 ㅣ 있는 그대로 완전해요. 감사해요 / 칭찬해요 / 사랑해요

1

2

3

분노 일기 ㅣ 아무 문제 없어요. 화나요 / 만나요 / 놓아줘요

구나 :

겠지 :

감사 :

오늘 할 일

☐

☐

☐

137

61 주고받는 마음이 다르지 않음을 알게 되어 감사합니다.

힘들어.
도와줘.
네 도움이 필요해.

도움을 요청하면
누구나 기꺼이 도와줄 의향이 있습니다.

도움을 구하는데 스스로 인색했던 거 아닐까요.
혼자 외로움을 자청하며 다 감당하지 않아도 돼요.
남들이 도움을 베풀 공간을 열어주세요.

받을 줄 알아야
진정으로 베풀 수 있어요.

**★ 남이 잘됨을 축복하라. 그 축복이 메아리처럼 나를 향해 돌아온다.
_이건희

감사 일기 ㅣ **있는 그대로 완전해요.** 감사해요 / 칭찬해요 / 사랑해요

1

2

3

분노 일기 ㅣ **아무 문제 없어요.** 화나요 / 만나요 / 놓아줘요

구나 :

겠지 :

감사 :

오늘 할 일

☐

☐

☐

62 언제든
   방향을 바꿀 수 있어 감사합니다.

모두 행복해지기 위해 열심히 달리고 있어요.

돈을 위해, 사랑을 위해, 성공을 위해.

그런데 왜 행복하지 않을까요.

혹시 방향이 잘못된 거 아닐까요.

밖에서 충분히 찾아본 다음

안으로, 내면으로 방향을 바꾸셔도 됩니다.

모든 경험과 과정은 그 자체로 소중하고 가치 있으니까요.

---

*★ 남의 작은 허물을 꾸짖지 말고, 남의 은밀한 비밀을 발설하지 말며, 남의
지난 잘못을 마음에 두지 말라. 이 세 가지면 덕을 기르고 해를 멀리할 수
있다. 〈채근담〉

감사 일기 ㅣ **있는 그대로 완전해요.** 감사해요 / 칭찬해요 / 사랑해요

① _____

② _____

③ _____

분노 일기 ㅣ **아무 문제 없어요.** 화나요 / 만나요 / 놓아줘요

구나 _____

겠지 _____

감사 _____

오늘 할 일

☐ _____

☐ _____

☐ _____

_63_ 우리는 모두 천사와 같으니 감사합니다.

아기는 행복을 선물하러 온 천사 같아요.
무뚝뚝한 할아버지도, 표정 없던 삼촌도
천진하고 해맑게 웃게 만들어요.
무장 해제시키죠.

아기는 사랑을 선물하러 온 천사 같아요.
표현에 서툰 할머니도, 무관심하던 이모도
사랑한다 말하고, 뽀뽀하게 만들어요.

우리도 모두 아기 시절을 거쳐 왔으니
지금도 천사이지 않을까요?

---

*★ 앞서가는 방법의 비밀은 시작하는 것이다. _마크 트웨인

감사 일기 ㅣ **있는 그대로 완전해요.** 감사해요 / 칭찬해요 / 사랑해요

1

2

3

분노 일기 ㅣ **아무 문제 없어요.** 화나요 / 만나요 / 놓아줘요

감나

겠지

감사

오늘 할 일

☐

☐

☐

__64__ 하늘을 바라볼 수 있어 감사합니다.

하늘을 바라보면
시야가 넓어져 가슴이 활짝 열리고
마음이 탁 트여 생각이 사라집니다.

지금 여기에 머무르게 됩니다.

자주 하늘을 바라보세요.
걸림 없는 텅 빈 하늘을 닮을 수 있게.
온 세상을 담을 수 있게.

---

*★ 우주의 비밀을 찾으려면 에너지, 주파수 및 진동의 관점에서 생각하라.
_니콜라 테슬라

감사 일기 Ⅰ **있는 그대로 완전해요.** 감사해요 / 칭찬해요 / 사랑해요

1

2

3

분노 일기 Ⅰ **아무 문제 없어요.** 화나요 / 만나요 / 놓아줘요

구나 :

겠지 :

감사 :

오늘 할 일

☐

☐

☐

65 서로를 알아볼 수 있어 감사합니다.

진정한 고수는
가만히 있어도 존재감이 빛나요.
모두 다 알아보지요.

진정한 하수는
자랑하고 뽐내고 싶어 안달 나요.
모두 다 알아보지요.

---

*★ 다른 사람의 마음에 주의를 기울여라. 그러면 그들이 어떤 영혼을 가진 아이인지 보일 것이다. _마르쿠스 아우렐리우스

감사 일기 ㅣ **있는 그대로 완전해요.** 감사해요 / 칭찬해요 / 사랑해요

①

②

③

분노 일기 ㅣ **아무 문제 없어요.** 화나요 / 만나요 / 놓아줘요

구나

겠지

감사

오늘 할 일

☐

☐

☐

66 내 마음만 신경 쓰면 되니 감사합니다.

쇠에서 생긴 녹이 쇠를 부식시키듯
악업을 저지른 사람은 스스로 추락합니다.

굳이 힘들여 복수할 생각 마세요.
용서하지 못한다는 이름으로 붙잡지 마세요.

타인 때문에 분노를 간직한다는 건
인생 낭비입니다.

우리는 모두 자기 마음의 주인입니다.

---

*★ 남을 시궁창에 붙잡아 두려면 자기도 시궁창 속에 있어야 한다.
_부커 T.워싱턴

감사 일기 | 있는 그대로 완전해요. 감사해요 / 칭찬해요 / 사랑해요

1

2

3

분노 일기 | 아무 문제 없어요. 화나요 / 만나요 / 좋아줘요

구나 :

겠지 :

감사 :

오늘 할 일

☐

☐

☐

149

67   지혜의 힘이 있어 감사합니다.

천 년 동안 어두웠던 동굴도
촛불 하나로 한순간에 밝아집니다.

욕심, 성냄, 어리석음으로 어둡던 마음도
한순간 지혜의 빛으로 밝아질 수 있어요.
모든 건 마음 먹기 나름입니다.

지혜의 큰 힘을 믿고 쓰세요.

---

*★ 나무는 꽃을 버려서 열매를 맺고, 물은 강을 버려서 바다를 만나고,
새는 둥지를 버려서 하늘을 날고, 사랑은 욕심을 버려서 자유를 얻는다.
〈화엄경〉

감사 일기 ǀ 있는 그대로 완전해요. 감사해요 / 칭찬해요 / 사랑해요

1

2

3

분노 일기 ǀ 아무 문제 없어요. 화나요 / 만나요 / 놓아줘요

구나 :

겠지 :

감사 :

오늘 할 일

☐

☐

☐

68 과정의 행복을
발견할 수 있어 감사합니다.

행복은 추구해야 할 결과가 아니라
지금 이 순간 경험 속에 있습니다.

행복을,
언제 도달할지도 모를 아득한 자리에 두지 마세요.

과정 자체를 즐길 때
행복은 이미 있음을 깨닫게 됩니다.

---

*★ 여행을 하는 이유는 도착하기 위해서가 아니라 여행을 하기 위해서다.
_괴테

감사 일기 ㅣ 있는 그대로 완전해요. 감사해요 / 칭찬해요 / 사랑해요

1

_____

2

_____

3

_____

분노 일기 ㅣ 아무 문제 없어요. 화나요 / 만나요 / 놓아줘요

구나

_____

겠지

_____

감사

_____

오늘 할 일

☐ ··

☐ ··

☐ ··

_69_ 시야를 넓힐 수 있어 감사합니다.

생각에서 벗어나고 싶을 때
시야를 넓혀 보세요.

눈앞에 보이는 전체로 시야를 확장하면
마음이 넓어져 현재에 깨어있게 됩니다.

생각으로 향하던 힘이 빠집니다.
내 몸에 집중된 에너지가 흩어집니다.

마음의 초점이
지금 이 순간에 머무르면 안전합니다.
평안합니다.

---

*★ 나는 깊게 파기 위해 넓게 파기 시작했다. _스피노자

감사 일기 | 있는 그대로 완전해요. 감사해요 / 칭찬해요 / 사랑해요

1

2

3

분노 일기 | 아무 문제 없어요. 화나요 / 만나요 / 놓아줘요

구나

겠지

감사

오늘 할 일

☐ ....

☐ ....

☐ ....

155

70 그동안 지은 잘못을 참회할 수 있어 감사합니다.

잘못을 인정하고 받아들이지 못한다는 건,
잘못을 인정해 본 경험이 없어서 그래요.

해보면 별거 아니에요.
지금부터 경험치를 쌓으면 됩니다.
미안해요. 용서해주세요. 잘못했어요.
용서합니다. 감사합니다. 사랑합니다.

주문처럼 외워 봐요.
마음이 가벼워집니다.

★ 네 믿음은 네 생각이 된다. 네 생각은 네 말이 된다. 네 말은 네 행동이 된다. 네 행동은 네 습관이 된다. 네 습관은 네 가치가 된다. 네 가치는 네 운명이 된다. _마하트마 간디

감사 일기 Ⅰ 있는 그대로 완전해요. 감사해요 / 칭찬해요 / 사랑해요

1

2

3

분노 일기 Ⅰ 아무 문제 없어요. 화나요 / 만나요 / 놓아줘요

구나 :

겠지 :

감사 :

오늘 할 일

☐

☐

☐

___71 흥미로운 관점으로 바라볼 수 있어 감사합니다.

"나는 옳아, 맞아, 잘했어, 훌륭해."
생각 뒤에
"너는 아니야, 틀렸어, 못했어, 엉망이야."
생각이 깔려 있지 않은지 살펴보아야 해요.

각자가 느끼는 최선은 다 달라요.

옳고 그른 판단이 아닌
하나의 흥미로운 관점으로 바라봐주세요.
다양성 속에서 창의성이 꽃피어납니다.

내가 틀릴 수도 있습니다.

_____

*★ 인간이 불행한 이유는 자신이 행복하다는 사실을 모르기 때문이다.
단지 그뿐이다. _도스토옙스키

감사 일기 ㅣ 있는 그대로 완전해요. 감사해요 / 칭찬해요 / 사랑해요

1

2

3

분노 일기 ㅣ 아무 문제 없어요. 화나요 / 만나요 / 놓아줘요

구나 :

겠지 :

감사 :

오늘 할 일

☐
☐
☐

72 평온한 하루를 보낼 수 있어 감사합니다.

집착 없이 평온한 마음을 유지하는 방법.

하나, 있는 그대로 받아들인다.
둘, 좋다 나쁘다 판단하지 않는다.
셋, 변화시키거나 바꾸려 하지 않는다.
넷, 말하거나 행동하고 싶은 몸 느낌을 알아차리고 멈춘다.
다섯, 감정과 생각 에너지를 충분히 느끼고 놓아준다.

---

*★ 타인의 말, 행동, 생각은 괘념치 않고 오로지 자신의 행동만 신경 쓰는 자가 마음의 평화를 얻는다. _마르쿠스 아우렐리우스

감사 일기 ㅣ **있는 그대로 완전해요.** 감사해요 / 칭찬해요 / 사랑해요

①

②

③

분노 일기 ㅣ **아무 문제 없어요.** 화나요 / 만나요 / 놓아줘요

구나

겠지

감사

오늘 할 일

☐

☐

☐

_73_ 나를 돌볼 수 있어 감사합니다.

시작은 나 자신부터입니다.
자신을 먼저 돌보아주세요.

자신의 고통에 공감하고 관대하게 바라볼 때
타인도 그러한 방식으로 바라볼 수 있어요.
자신과 맺는 관계, 타인과 맺는 관계는 다르지 않아요.

자신을 싫어하고 미워하는 혐오와 비난이 멈출 때
사랑이 고스란히 드러나 모든 관계가 원만해집니다.

---

*★ 어떤 일이든 할 수 있고, 이루어진다고 마음먹어라. 그리고 그 방법을 찾아라. _에이브러햄 링컨

감사 일기 ㅣ **있는 그대로 완전해요.** 감사해요 / 칭찬해요 / 사랑해요

1

2

3

분노 일기 ㅣ **아무 문제 없어요.** 화나요 / 만나요 / 놓아줘요

구나

겠지

감사

오늘 할 일

☐

☐

☐

__74__ 평정심을 가질 수 있어
감사합니다.

분노 에너지에 반응하면 기름 붓는 격이 됩니다.
신나서 활활 타오르고,
옆 사람에게도 옮겨붙어요.

감정에 더 이상 먹이를 주지 말고
지나가게 내버려두세요.
평정심으로, 무반응으로 대응하면
홀연히 사라집니다.

---

*★ 모든 것의 열쇠는 인내다. 계란을 품고 기다려야 닭이 생기지, 계란을
깬다고 닭이 생기지 않는다. _아놀드 H.글래소

감사 일기 | 있는 그대로 완전해요. 감사해요 / 칭찬해요 / 사랑해요

1

2

3

분노 일기 | 아무 문제 없어요. 화나요 / 만나요 / 놓아줘요

구나 :

겠지 :

감사 :

오늘 할 일

☐

☐

☐

_75 지금껏 잘 살아준
나에게 감사합니다.

울고 싶을 땐 맘껏 울어도 됩니다.
화내고 싶을 땐 실컷 화내도 됩니다.
감정이 생기는 게 자연스러운 현상이에요.

밝은 척, 괜찮은 척
아는 척, 모르는 척하지 말고
솔직하게 에너지를 뿜어도 괜찮아요.

이렇게 숨 쉬고 살아 있는 것만으로도
축복이고 기적입니다.

잘 살아주어서 고맙습니다.
앞으로도 가볍게, 즐겁게 살아주세요.

---

*★ 우물쭈물하다가 내 이럴 줄 알았다. _조지 버나드 쇼의 묘비글

감사 일기 ㅣ **있는 그대로 완전해요.** 감사해요 / 칭찬해요 / 사랑해요

1

_____

2

_____

3

_____

분노 일기 ㅣ **아무 문제 없어요.** 화나요 / 만나요 / 놓아줘요

구나

_____

겠지

_____

감사

_____

오늘 할 일

☐
....

☐
....

☐
....

76 포옹할 수 있어 감사합니다.

안아주세요.

꼬옥 안아주세요.

팔을 벌린 순간

이미 우리의 마음은 열립니다.

나에게

너에게

우리 모두에게.

★ 항상 기뻐하라. 쉬지 말고 기도하라. 범사에 감사하라. 〈데살로니가전서〉

감사 일기 ㅣ 있는 그대로 완전해요. 감사해요 / 칭찬해요 / 사랑해요

1

2

3

분노 일기 ㅣ 아무 문제 없어요. 화나요 / 만나요 / 놓아줘요

구나 :

겠지 :

감사 :

오늘 할 일

☐ ....

☐ ....

☐ ....

_77_ 각자의 의견을
존중할 수 있어 감사합니다.

80억 지구인에게 80억 개의 의견이 있습니다.
한 사람의 생각은 하나의 의견일 뿐이에요.

비난도 하나의 의견일 뿐입니다.
언제나 바뀔 수 있는 주관적인 것이죠.

그러니 너무 신경 쓰지 말고,
지금 해야 할 일을 가벼운 마음으로 하세요.

---

*★ 칭찬에 익숙하면 비난에 마음이 흔들리고, 대접에 익숙하면 푸대접에
마음이 상한다. _김구

감사 일기 ㅣ **있는 그대로 완전해요.** 감사해요 / 칭찬해요 / 사랑해요

1

2

3

분노 일기 ㅣ **아무 문제 없어요.** 화나요 / 만나요 / 놓아줘요

구나 :

겠지 :

감사 :

오늘 할 일

☐

☐

☐

78 스스로를 인정하고
존중할 수 있어 감사합니다.

당신이 알았으면 좋겠어요.

지금 그대로
얼마나 멋진 사람인지
얼마나 사랑스러운 사람인지
얼마나 존중받아 마땅한 사람인지를.

지금 있는 그대로 완벽합니다.
자신을 예쁘게 바라보고 다정히 대해주세요.

★★ 사랑의 진정한 벗은 자기 자신이니, 자신을 가장 사랑해 주어라.
_아리스토텔레스

감사 일기 ㅣ 있는 그대로 완전해요. 감사해요 / 칭찬해요 / 사랑해요

1

2

3

분노 일기 ㅣ 아무 문제 없어요. 화나요 / 만나요 / 놓아줘요

구나

겠지

감사

오늘 할 일

☐

☐

☐

79 내 마음의 투사를
멈출 수 있어 감사합니다.

우리는 각자 마음 거울로 세상을 다르게 바라봅니다.
세상은 내 마음의 투사인 거죠.

인색한 사람 눈에는 인색함이 보이고
사랑 넘치는 사람 눈에는 사랑이 보여요.

타인을 비난하며 남 탓하고 있다면
방향을 안으로 돌려
어떤 마음을 투사하고 있는지 살펴봐야 합니다.

돼지 눈에는 돼지만 보이고
부처 눈에는 부처만 보입니다.

---

*★ 마음이 본래 부처이고, 부처가 본래 마음이며, 마음은 허공과 같다.
－황벽

감사 일기 | 있는 그대로 완전해요. 감사해요 / 청찬해요 / 사랑해요

1

2

3

분노 일기 | 아무 문제 없어요. 화나요 / 만나요 / 놓아줘요

구나

겠지

감사

오늘 할 일

☐ _____

☐ _____

☐ _____

80 나만의 길을
갈 수 있어 감사합니다.

요청하지 않은 조언을 누군가 자꾸 할 때,
'그건 네 생각이야.'라고 말할 수 있는 용기도 필요합니다.
그들에게는 맞지만 나에게는 맞지 않을 수 있어요.

각양각색으로 자신만의 길을 갈 때
자연스레 빛이 나고 삶이 가벼워집니다.
모든 일이 술술 잘 풀립니다.

***

*★ 뜻밖에 아주 야비하고 어이없는 일을 당하더라도 그것 때문에 괴로워하거나 짜증내지 마라. 그냥 지식이 하나 늘었다고 생각하라. _쇼펜하우어

감사 일기 ㅣ 있는 그대로 완전해요. 감사해요 / 칭찬해요 / 사랑해요

1

2

3

분노 일기 ㅣ 아무 문제 없어요. 화나요 / 만나요 / 놓아줘요

구나 :

겠지 :

감사 :

오늘 할 일

☐

☐

☐

__81__ 허용하고
받아들일 수 있어 감사합니다.

이미 일어난 상황은 바꿀 수 없어요.
지나간 일이니까요.

다른 사람은 바꿀 수 없어요.
내가 아니니까요.

만나는 모든 상황과 사람을
이완된 상태로 허용해 보아요.

모든 일은 일어나야 할 정확한 때와 장소에 일어난다고 해요.
있는 그대로 괜찮습니다.
다 괜찮아요.

---

*★ 스스로 알을 깨면 병아리가 되지만, 남이 깨주면 계란프라이가 된다.
_J.허슬러

감사 일기 | 있는 그대로 완전해요. 감사해요 / 칭찬해요 / 사랑해요

1

2

3

분노 일기 | 아무 문제 없어요. 화나요 / 만나요 / 좋아줘요

구나 :

겠지 :

감사 :

오늘 할 일

☐

☐

☐

82 다양한 경험을 할 수 있어 감사합니다.

건강하지 않은 사람에게는
건강을 회복한 사람이,
불행한 사람에게는
불행을 딛고 일어선 사람이 가장 큰 힘이 됩니다.

같은 경험을 해본 사람만이 줄 수 있는
안심과 공감의 에너지가 있어요.
모든 경험은 해볼 만한 가치가 있고,
누군가에게 도움이 됩니다.

---

*★ 사막은 어딘가에 샘을 숨기고 있기에 더욱 아름다운 거야. 〈어린왕자〉

월   일

감사 일기 | 있는 그대로 완전해요. 감사해요 / 칭찬해요 / 사랑해요

1

2

3

분노 일기 | 아무 문제 없어요. 화나요 / 만나요 / 놓아줘요

구나

겠지

감사

오늘 할 일

☐

☐

☐

181

83 그냥 두어도 괜찮음을
알게 되어 감사합니다.

그냥 두세요.
화나 있을 자유가 있어요.
그래도 되잖아요.

그냥 두세요.
말 안 할 자유가 있어요.
그래도 괜찮잖아요.

바깥 경계를 보며
헐떡이는 내 마음을 먼저 알아봐 주세요.

---

*★ 하지 말아야 할 말을 하고, 해야 할 말을 하지 않아서 사랑이 죽어간다.
_칼릴 지브란

감사 일기 ㅣ 있는 그대로 완전해요. 감사해요 / 칭찬해요 / 사랑해요

①

②

③

분노 일기 ㅣ 아무 문제 없어요. 화나요 / 만나요 / 놓아줘요

구나

겠지

감사

오늘 할 일

☐ _____

☐ _____

☐ _____

84 스스로
얽힘을 풀 수 있어 감사합니다.

가슴이 답답하고 숨쉬기 힘들어질 때
쉬어도 온몸이 천근만근 무거울 때
과거에 묶인 짐과 맺힌 연결고리를 풀 시간입니다.

용서, 사랑, 수용, 평온의 힘으로 풀어주세요.
만날 때마다 하나씩 알아차리고 놓아주세요.

---

*★ 우리가 직면한 문제는 그 문제가 발생할 때 사용했던 사고방식으로는
해결할 수 없다. _알버트 아인슈타인

감사 일기 ㅣ **있는 그대로 완전해요.** 감사해요 / 칭찬해요 / 사랑해요

l

2

3

분노 일기 ㅣ **아무 문제 없어요.** 화나요 / 만나요 / 놓아줘요

구나 :

겠지 :

감사 :

오늘 할 일

☐

☐

☐

85 언제나
새로 선택할 수 있어 감사합니다.

문제의 원인을
밖에서 찾을 것인가, 안에서 찾을 것인가.

남 탓으로 돌리면 희생자가 되고
내면에서 찾으면 주인이 될 수 있어요.

내 인생의 주도권을
남에게 떠넘길 것인가,
내가 잡고 책임질 것인가.

선택권은 언제나 나에게 있으니 다행입니다.

---

*★ 만일 그대가 행복한 삶을 찾는다면 항상 마음챙겨라. 그대가 마음챙
김을 유지할 때, 마음은 청정하고 행복은 충만하다. _쉐우민

감사 일기 ㅣ **있는 그대로 완전해요.** 감사해요 / 칭찬해요 / 사랑해요

1

2

3

분노 일기 ㅣ **아무 문제 없어요.** 화나요 / 만나요 / 놓아줘요

구나

겠지

감사

오늘 할 일

☐

☐

☐

86 주의를 내 마음대로 둘 수 있어 감사합니다.

지금 내 주의력은 어디를 향하고 있지?

부정적인 기사에 눈이 꽂히는지,
긍정적인 기사에 눈이 꽂히는지.

험담하는 소리에 귀가 솔깃한지,
칭찬하는 소리에 귀가 솔깃한지.

주의력이 미래의 길을 내고 있어요.
집중 단속이 필요합니다.
무엇이든 마음을 둘수록 힘이 커집니다.

---

*★ 그대의 생각과 같지 않더라도 간섭하거나 반대하거나 비웃지 말라. 사람들은 모두 각자의 고유한 개성을 가지고 있나니 그들의 수준에 알맞은 여정을 가지고 있나니 그들 자신의 길을 가도록 허용하고 도와주어라. _인디언 속담

월   일

감사 일기 ㅣ **있는 그대로 완전해요.** 감사해요 / 칭찬해요 / 사랑해요

1

2

3

분노 일기 ㅣ **아무 문제 없어요.** 화나요 / 만나요 / 놓아줘요

구나 :

겠지 :

감사 :

오늘 할 일

- [ ]
- [ ]
- [ ]

189

__87__ 사랑을 볼 수 있어 감사합니다.

모든 존재를 한 송이 꽃으로 바라보아요.

투덜대는 한 송이 꽃
목소리 큰 한 송이 꽃
분노 중인 한 송이 꽃

한 걸음 떨어져 바라보니
그동안 보이지 않던 진심이 보입니다.
도와달라고, 인정해달라고,
버리지 말라고, 사랑해달라고 말하고 있었네요.
표현하는 방식이 달라서
오해하고, 상처받고, 상처 주었네요.
그동안 몰라봐서 미안해요.

---

*★ 강한 신념이야말로 거짓보다 더 위험한 진리의 적이다. _니체

감사 일기 | 있는 그대로 완전해요. 감사해요 / 칭찬해요 / 사랑해요

1

2

3

분노 일기 | 아무 문제 없어요. 화나요 / 만나요 / 놓아줘요

구나 :

겠지 :

감사 :

오늘 할 일

☐

☐

☐

88 나 자신을
사랑할 수 있어 감사합니다.

자기 자신과 아름다운 관계를 맺어요.

무언가를 바꾸고, 이루기를 바라는 기대 없이
존재 자체를 소중히 여겨요.

자신을 사랑하고 친절히 대해주세요.
마음속 이야기를 들어주세요.
세상에 하나밖에 없는 귀한 존재입니다.

---

*★ 침착하고 고요하게, 행복에 겨워 걷는다. 〈우파니샤드〉

감사 일기 Ⅰ 있는 그대로 완전해요. 감사해요 / 칭찬해요 / 사랑해요

①

②

③

분노 일기 Ⅰ 아무 문제 없어요. 화나요 / 만나요 / 놓아줘요

구나

겠지

감사

오늘 할 일

☐

☐

☐

__89__ 내 마음을
들여다볼 수 있어 감사합니다.

해야 할 일, 하고 싶은 일은 분명히 있는데
손 하나 까딱하고 싶지 않을 때가 있어요.
누구나 여러 마음을 왔다 갔다 하지요.

마음의 저항감을 만날 시간입니다.
마음이 어떤 이야기를 하고 있는지 들어주세요.
하기 싫은 마음을 충분히 만나고 공감해주면
'이젠 한번 해볼까?' 하는 의지가 차오릅니다.

의지가 생길 때까지 기다려도 됩니다.
충전할 시간을 주세요, 충분히.

---

*★ 우리는 방황을 통해서 우리 자신에 대해 이해할 수 있게 된다.
_헨리 데이비드 소로

감사 일기 | 있는 그대로 완전해요. 감사해요 / 칭찬해요 / 사랑해요

①

②

③

분노 일기 | 아무 문제 없어요. 화나요 / 만나요 / 좋아줘요

구나

겠지

감사

오늘 할 일

☐

☐

☐

90 세상은
마음먹기 나름이라 감사합니다.

세상을 바라보는 눈을 바꾸어 볼까요?

기쁘고 즐거운 마음으로 바라보면
감사하고 행복한 일들이 펼쳐져요.

걱정되고 불편한 마음으로 바라보면
불만족스럽고 불행한 일들이 펼쳐져요.

마음이 바라는 대로 세상은 펼쳐집니다.
지금 펼쳐진 세상은 내가 원했던 마음의 결과물입니다.

─────────────────

★★ 행복이란 자기 자신에게 만족하는 사랑의 것이다. _아리스토텔레스

감사 일기 | 있는 그대로 완전해요. 감사해요 / 칭찬해요 / 사랑해요

1

2

3

분노 일기 | 아무 문제 없어요. 화나요 / 만나요 / 놓아줘요

구나 :

겠지 :

감사 :

오늘 할 일

☐

☐

☐

197

91 모두 다르게 경험함을
알게 되어 감사합니다.

새소리가 들려요.
새소리를 들은 이에게는 새가 있고
새소리를 듣지 못한 이에게는 새가 없어요.

내가 보는 데까지, 듣는 데까지, 경험하는 데까지가
내가 살아가는 세계입니다.

우리는 같은 공간에 있는 것 같지만
모두 다른 세계를 살아갑니다.
자기가 경험하고 해석하는 대로.

★★ 고난과 역경에 처할지라도 마음에 여유를 잃지 않고 미소 짓는 삶의 자
세야말로 운명을 역전시키는 기적의 비밀이다. _헤르만 헤세

감사 일기 | 있는 그대로 완전해요. 감사해요 / 칭찬해요 / 사랑해요

1

2

3

분노 일기 | 아무 문제 없어요. 화나요 / 만나요 / 놓아줘요

구나 :

겠지 :

감사 :

오늘 할 일

☐

☐

☐

92 지금 여기에
현존할 수 있어 감사합니다.

과거는 곱씹지 않을수록 좋아요.
미래는 기대하지 않을수록 좋아요.

과거로, 미래로 향하는 생각이 허상임을 깨달으면
더 이상 붙잡지 않게 됩니다.

추구하는 마음을 멈추고 현재에 오롯이 머물 때
잔잔한 평화와 기쁨을 느낄 수 있습니다.
행복은 지금 여기에 있습니다.

---

*★ 마음을 청정하게 만들기 위해 마음의 근심과 슬픔, 그 밖의 고뇌를 풀어내어 자유로운 경지에 도달하기 위한 방법으로 알아차림은 단 하나의 길이다. 〈대념처경〉

감사 일기 | 있는 그대로 완전해요. 감사해요 / 칭찬해요 / 사랑해요

1
_____

2
_____

3
_____

분노 일기 | 아무 문제 없어요. 화나요 / 만나요 / 놓아줘요

구나
_____

겠지
_____

감사
_____

오늘 할 일

☐ _____

☐ _____

☐ _____

93   평화로움을
        만끽할 수 있어 감사합니다.

공격과 방어로 점철된 인생,
칼과 방패는 이제 내려놓아도 됩니다.

방어막을 거두고 나면 깨닫게 됩니다.
지금껏 전시戰時가 아닌 평화시平和時였음을,
혼자 부단히 애써왔음을,
이제는 그렇게 살지 않아도 됨을.

*★ 구하라, 그러면 너희에게 주실 것이요. 찾으라, 그러면 찾을 것이요. 문을 두드리라, 그러면 너희에게 열릴 것이니 구하는 이마다 얻을 것이요. 찾는 이가 찾을 것이요. 두드리는 이에게 열릴 것이니라. 〈마태복음〉

감사 일기 l **있는 그대로 완전해요.** 감사해요 / 칭찬해요 / 사랑해요

1

2

3

분노 일기 l **아무 문제 없어요.** 화나요 / 만나요 / 놓아줘요

구나

겠지

감사

오늘 할 일

☐

☐

☐

94 용서하고
자유로워질 수 있으니 감사합니다.

누구에게 말하지도 않고 무덤까지 가져가겠다는
용서하지 못할 사연.

소중한 인생을 원망, 분노와 바꾼다면,
좋은 것도 아닌 걸 몇십 년 품으며 괴로워한다면,
어리석은 행동 아닐까요?

상대는 아무런 타격도 없어요.
나만 괴롭고 병들어요.
그가 아닌 나를 위해서 용서해 주세요.
이제는 놓아주고 자유로워지세요.

---

*★ 오만함을 내려놓은 사랑은 지혜로 향하는 참된 발걸음을 내디딘 것이
다. 〈바가바드 기타〉

감사 일기 | 있는 그대로 완전해요. 감사해요 / 칭찬해요 / 사랑해요

1

2

3

분노 일기 | 아무 문제 없어요. 화나요 / 만나요 / 좋아줘요

구나 :

겠지 :

감사 :

오늘 할 일

☐

☐

☐

_95 생각과 말과 행동을 조심할 수 있어 감사합니다.

누구처럼 되지 말아야지 쉽게 말합니다.
엄마처럼, 아빠처럼, 선생님처럼….

누구나 최선을 다해 살아갑니다.
다른 사람의 행동은 남이 평가할 문제가 아니에요.

남들도 나를 보며
'너처럼 되지 말아야겠다.' 다짐하고 있을지 몰라요.

나에게서 나간 것이 나에게 돌아옵니다.
부메랑처럼.

---

*★ 인생은 진정한 부메랑과 같다. 당신이 준 만큼 되돌아온다.
_데일 카네기

감사 일기 ㅣ **있는 그대로 완전해요.** 감사해요 / 칭찬해요 / 사랑해요

①

②

③

분노 일기 ㅣ **아무 문제 없어요.** 화나요 / 만나요 / 놓아줘요

구나

겠지

감사

오늘 할 일

☐

☐

☐

96 현재를 기쁘게 살 수 있어
감사합니다.

유쾌하지 않은 과거를 되새김질하고 있다면
정신 차려야 합니다.
불행을 즐기는 중이니까요.

지금 당장,
과거라는 환상 속에서 빠져나올 수 있어요.

현재를 기쁘게 살 것인가,
과거 비련의 주인공 역할을 무한 재생하며 살 것인가.
오로지 나의 선택에 달려 있습니다.

---

*★ 우울한 사람은 과거에 살고, 불안한 사람은 미래에 살고, 평안한 사람
은 현재에 산다. 〈도덕경〉

월   일

감사 일기 ㅣ 있는 그대로 완전해요. 감사해요 / 칭찬해요 / 사랑해요

1

2

3

분노 일기 ㅣ 아무 문제 없어요. 화나요 / 만나요 / 놓아줘요

구나 :

겠지 :

감사 :

오늘 할 일

☐

☐

☐

_97_ 다름을 인정할 수 있어 감사합니다.

우린 달라도 너무 달라!
오랜 세월 함께 지낸 사람이라 해도
볼 때마다 다른 점이 눈에 들어옵니다.

당연한 일이지요.
우리는 모두 다른 존재니까요.

모두 다르다, 무상하다는 진리를 기억한다면
타인을 이해하는 마음이 끝없이 깊어질 수 있어요.

'어쩜 그래?'가
'그럴 수도 있구나!'가 되는 날까지
마음 그릇을 키워 보아요.

---

*★ 아무것도 판단하지 말라. 그러면 모든 것이 잘될 것이다.
_마르쿠스 아우렐리우스

감사 일기 | **있는 그대로 완전해요.** 감사해요 / 칭찬해요 / 사랑해요

| |

2

3

분노 일기 | **아무 문제 없어요.** 화나요 / 만나요 / 놓아줘요

구나 :

겠지 :

감사 :

오늘 할 일

☐
☐
☐

98 연습으로 익숙해지니 감사합니다.

거절도 연습이 필요해요.
아니요. 못하겠어요. 하기 싫어요.

긍정도 연습이 필요해요.
네. 할 수 있어요. 좋아요.

감사도, 사랑도, 유머도 연습이 필요해요.
자꾸 해서 익숙해지면 쉬워지고
저절로 흘러넘치게 됩니다.

*★ 먼저 그대 자신에게 진실하라. 자신의 성장과 자신에게 필요한 것들을
하고 난 연후에 비로소 다른 사람들의 성장을 위해 노력하라. 자신의 본분을
잊은 상태에서 하는 봉사는 진정한 것이 아니다. _인디언 속담

감사 일기 | **있는 그대로 완전해요.** 감사해요 / 칭찬해요 / 사랑해요

①

_____

②

_____

③

_____

분노 일기 | **아무 문제 없어요.** 화나요 / 만나요 / 놓아줘요

구나

_____

겠지

_____

감사

_____

오늘 할 일

☐ ....

☐ ....

☐ ....

99 지금 이만큼
건강함에 감사합니다.

아기가 태어날 때
부모님은 건강하기만을 바랍니다.
우리는 모두 그런 기도로 태어난 고귀한 존재예요.

지금 이 순간, 이만큼 건강함에 감사해볼까요?

건강은
모든 것을 누리도록 도와주지만
가졌을 땐 잘 보이지 않는 축복입니다.

---

*★ 우리 인생의 가장 큰 영광은 결코 넘어지지 않는 데 있는 것이 아니라
넘어질 때마다 일어서는 데 있다. _넬슨 만델라

월   일

감사 일기 ㅣ 있는 그대로 완전해요. 감사해요 / 칭찬해요 / 사랑해요

1

2

3

분노 일기 ㅣ 아무 문제 없어요. 화나요 / 만나요 / 놓아줘요

구나

겠지

감사

오늘 할 일

☐

☐

☐

215

100 행복한 사람과
함께 할 수 있어 감사합니다.

행복한 사람이 되려면
행복한 사람들과 함께 하세요.

언제나 행복한 말과 행동을 하니
나도 서서히 물들어 갑니다.

긍정적인 사람이 되려면
긍정적인 사람들과 함께 하세요.

긍정적인 것을 듣고, 보고, 말하고, 생각할 수 있으니
나도 어느새 닮아 갑니다.

당신 주위에는 어떤 사람이 있나요?

---

*★ 이것이 있으므로 저것이 있게 되고, 이것이 일어나므로 저것이 일어난다.
이것이 없으므로 저것이 없게 되고, 이것이 소멸하므로 저것이 소멸한다.
〈중아함경〉

감사 일기 ㅣ 있는 그대로 완전해요. 감사해요 / 칭찬해요 / 사랑해요

1

2

3

분노 일기 ㅣ 아무 문제 없어요. 화나요 / 만나요 / 놓아줘요

구나 :

겠지 :

감사 :

오늘 할 일

☐

☐

☐

2장

감사력을 키우는 7가지 명상
자기 사랑 긍정 확언 33문장
오픈마인드 챌린지 100

호흡
명상

호흡 명상은 마음을 고요히 하고, 호흡에 집중하며 알아차림을 유지하는 것입니다. 부처님을 깨달음으로 이르게 한 명상 방법으로, 긴장하는 마음 없이 자연스럽게 호흡을 알아차립니다.

호흡 명상을 하면 뇌파가 알파파로 안정되면서 자율신경계의 조화가 이루어집니다. 긴장된 근육이 이완되고 면역력이 강화돼 자연치유력이 올라가니 몸과 마음이 본래 자연스러운 상태로 회복됩니다.

[공통]

❶ 편안히 자리에 앉아 10분 알람을 켭니다.

❷ 눈을 감고 머리끝부터 발끝까지 몸에 힘을 빼며 이완합니다.
   이완과 긴장은 동시에 존재할 수 없어요.

❸ 척추를 펴고, 가슴은 옆으로 늘리고 어깨는 아래로 내립니다.

▌ 호흡 명상 I : 코

① 코끝에 마음을 두고 숨이 들어올 때 '숨이 들어옴'을 알아차림
   하고, 숨이 나갈 때 '숨이 나감'을 알아차림 해요.

② 소리, 냄새, 감각, 생각 등으로 마음이 움직여도 다시 코끝으로
   돌아와 숨을 알아차림 해요.

▌ 호흡 명상 II : 배

① 아랫배에 마음을 두고 숨이 들어올 때 '배가 부품'을 알아차림
   해요.

② 숨이 나갈 때 '배가 꺼짐'을 알아차림 해요.

▌ 호흡 명상 III : 숫자

① 숨을 들이쉴 때 1~4까지 숫자를 세요.

② 숨을 멈추고 1~2까지 숫자를 세요.

③ 숨을 내쉴 때 1~4까지 숫자를 세요.

④ 호흡이 길어지면 자연스럽게 숫자를 늘려요.

걷기
명상

걸으면서 알아차림의 힘을 기르는 걷기 명상은 지금 이 순간에 존재하게 하고, 일상에서도 깨어있음의 힘을 유지하는 데 큰 도움이 됩니다. 걷는 것만으로도 마음의 평화에 이를 수 있습니다.

▌ 걷기 명상 Ⅰ : 바른 자세로 걷기
① 어깨는 앞에서 뒤로 굴리면서 펴고, 아래로 내립니다.
② 팔꿈치는 뒤로 향하고, 날갯죽지가 척추 쪽으로 모인다고 생각하며 리듬감 있게 팔을 흔들며 걸어요.
③ 머리와 척추는 위에서 누가 당기는 것처럼 위로 쭉 뻗어주세요. *쭉쭉!*
④ 엉덩이에 힘을 꽉 주고 걸어요. *꽉꽉!*
⑤ 엄지발가락에 힘이 꾹 들어가야 척추가 바로 서요. *꾹꾹!*

▌걷기 명상 Ⅱ : 알아차리며 걷기

① 왼발바닥이 닿을 때 '왼발', 오른발바닥이 닿을 때 '오른발'을 알아차려요.

② 눈앞의 확 트인 공간 전체를 알아차리며 걸어요.

③ 들리는 소리를 알아차리며 걸어요.

④ 공기, 풀, 흙, 꽃 등 자연의 냄새를 맡으며 걸어요.

⑤ 얼굴과 손바닥에 닿는 공기의 따뜻함과 차가움을 느끼며 걸어요.

⑥ 온몸에 힘을 빼고 걸어요.

▌걷기 명상 Ⅲ : 어싱earthing, 맨발로 걷기

① 발이 대지와 하나로 연결되어 안전함과 단단함을 느끼며 걸어요.

② 몸에 있는 독소인 활성산소가 땅속으로 들어간다고 상상하며 걸어요.

③ 땅속의 자유전자가 몸으로 들어와 몸을 정화하고 치유한다고 상상하며 걸어요.

음식
명상

알아차림과 함께 음식을 먹으면 단순히 음식을 섭취하는 행위에서 그치는 것이 아니라 바로 명상이 됩니다. 밥을 먹을 때 많이 씹을수록 줄기세포가 더 많이 방출되어 골밀도와 성장이 촉발된다고 해요.

1차 소화기관인 입 속에서 충분히 씹어 소화를 시킬수록 위의 부담감이 적어지고 피로도가 줄어듭니다. 충분히 씹으면 발효가 되고 대충 씹으면 부패가 된다고 하니 건강과 마음을 다 챙기는 명상을 하며 음식을 먹습니다.

① 음식이 온 인연에 감사한 마음을 표현해요.

② 배고픈 느낌을 알아차려요.

③ 수저를 들고 내릴 때 손과 팔의 움직임을 알아차려요.

④ 음식을 빨리 먹으려는 조급한 마음이 든다면 심호흡하며 이완해요.

⑤ 눈으로 음식의 빛깔을 보고, 코로 냄새를 맡아요.

⑥ 입에 음식을 넣으면 수저는 내려놓고 음식이 잘게 부서질 때까지 50번 이상 씹어요.

⑦ 귀로는 씹는 소리를 들어요.

⑧ 입속에서 잘게 부서진 음식을 천천히 삼킬 때 목으로 넘어가는 감촉을 알아차림 해요.

⑨ 입 속이 완전히 비었을 때 ②~⑧을 반복해서 음식을 먹어요.

⑩ 음식을 다 먹은 후 밥을 먹을 수 있게 도와준 모든 인연에 감사한 마음을 표현해요. "잘 먹었습니다. 감사합니다."

걱정을 씹지 마세요. 두려움이나 화를 씹지 마세요.
미래의 계획이나 불안을 씹으면 음식 한 조각마다 감사를 느낄 수 없습니다.
그러니 그저 음식만 씹으세요. _틱낫한

자애
명상

내가 고통에서 벗어나 행복을 원하는 것처럼 살아있는 모든 존재
는 고통에서 벗어나 행복하기를 원합니다. 자애의 마음은 나로부
터 시작합니다. 내가 행복해야 다른 사람의 행복도 도울 수 있어
요.
나 자신, 친한 사람, 알고 지내는 사람, 모르는 사람, 싫어하는 사
람, 살아있는 모든 존재 순으로 자애의 마음을 확장합니다. 자애
의 마음이 커질수록 너와 내가 다르지 않고 연결되어 있음을 느
낄 수 있어요.

고요히 앉아 자신에게 말해봅니다.
눈을 감고 호흡에 맞추어 말해도 좋아요.

내가(들숨) 행복하기를(날숨)
내가(들숨) 건강하기를(날숨)
내가(들숨) 평안하기를(날숨)
내가(들숨) 고통에서 벗어나기를(날숨)
자애의 마음이(들숨) 온 세상에 가득하기를(날숨)

타인으로 바라보기 명상은 내 몸과 마음을 관찰자 시점에서 객관적으로 바라보는 명상입니다. 몸 뒤로 CCTV가 설치되어 있고 한 걸음 떨어져 내 모습을 바라본다고 생각해도 좋아요. 언제 어디서든 마음의 초점만 밖에 두면 되니 생각날 때마다 해보면 명상 효과를 바로 체험할 수 있습니다.

몸 뒤에서 배경이 되어 공간 전체를 인지하면서 내가 하는 말, 행동, 느낌, 감정, 생각 등을 관찰합니다. 마음은 시공간의 제약이 없기에 내가 마음을 두는 대로 바라볼 수 있어요. 마음이 공간 전체를 인지할 때 마음은 현재에 머물게 되고 생각은 사라집니다. 알아차림과 생각은 동시에 존재할 수 없으니까요. 지금 있는 그대로의 평온을 느끼게 됩니다.

내 일이라고 생각하면 집착하게 되고 시야가 좁아져 잘 보이지 않지만, 타인의 일이라고 생각하면 시야가 넓어져 객관적으로 잘 보이는 것과 같은 효과가 있어요.

머릿속이 생각으로 복잡할 때, 마음이 무겁고 혼란스러울 때도 공간 전체를 인지해서 나를 타인으로 바라보는 명상을 하면 머리가 맑아지고 밝게 깨어남을 느낄 수 있어요.

다 된다
명상

진리의 눈으로 바라보면 있는 그대로 모든 게 완벽하고 완전합니다. 반대로 번뇌의 눈으로 바라보면 모든 게 불완전하고 문제로 보이지요. 바꾸어야 할 것, 고쳐야 할 것투성이니 불만이 쌓일 수밖에요.

그동안 '안 된다.'는 생각에 치우쳐 살았다면 지금부터는 '다 된다.', '다 괜찮다.'에 초점을 맞추는 것입니다. 기뻐도 되고 슬퍼도 되고, 화를 내도 되고 안 내도 되고 지금 느끼는 감정을 솔직하게 경험하면 됩니다.

좋다, 나쁘다는 생각 없이, 심판이나 판단 없이 떠오르는 생각이나 감정을 있는 그대로 인정하고 받아들이는 것입니다. 지금 불안하고 긴장이 된다면 불안하고 긴장되는 것이 지금 있는 그대로의 진실입니다.

불안해도 된다. 화내도 된다. 말할 때 긴장해도 된다.
실패해도 된다. 시험에 떨어져도 된다. 잘난 척해도 된다.
울어도 된다. 바보 같아도 된다. 기뻐도 된다. 용서해도 된다.
용서 안 해도 된다. 뚱뚱해도 된다. 가난해도 된다.

228

'이런 생각은 하면 안 돼, 이런 감정은 없어져야 해.' 하는 마음을 가지는 건 지금 있는 그대로의 진실인 생각과 감정을 부정하는 것이고, 저항하며 견디지 못하는 것이고, 회피하거나 억누르는 것입니다.

다 된다 명상은 무언가를 더 하지 않아도, 변하지 않아도 지금 이대로 완전하다는 것을 받아들이는 명상으로, 세상을 바라보는 관점을 변화시킵니다. 다 괜찮음, 완전한 허용, 문제없음, 받아들임 상태로 나아갈 때 집착을 놓아버릴 수 있습니다. 늘 지금 여기 나의 마음에 깨어 있을 때 삶이 가벼워지고 자유로워집니다.

나는 몰라
명상

우리는 지금까지 생각도 내 것, 감정도 내 것이라 여기며 살아왔습니다. 비, 바람은 조건이 모였을 때 왔다 지나가듯이 우리의 생각, 감정도 조건이 모였을 때 왔다가 지나갈 뿐이에요.

인간관계에서 부딪히기 쉬운 원인 중 하나가 '나는 안다.'는 생각입니다. '나는 안다.'는 생각은 '내 생각은 옳다, 무조건 내 말대로 해야 한다.' 하지만 '너는 모른다, 너는 틀렸다, 네 행동은 고쳐야 한다, 네 방식은 바꾸어야 한다.'로 연결됩니다.

　　나는 나를 몰라. 나는 너를 몰라. 나는 엄마를 몰라.

　　나는 아빠를 몰라. 나는 형을 몰라. 나는 동생을 몰라.

　　나는 남편을 몰라. 나는 부인을 몰라.

우리는 상대방을 알 수가 없습니다. 내 마음이 매 순간 끊임없이 변하는 것처럼 상대방의 마음도 끊임없이 변하고 있으니까요. 자신을 잘 아는 사람일수록 다른 사람을 알기가 얼마나 어려운 일인지 깨닫게 됩니다. 고대 그리스의 철학자 소크라테스는 "나는 내가 아무것도 모른다는 것을 안다."라고 말했고, 숭산스님도 생각으로 가득 차 있는 마음을 치료하는 약으로 '오직 모를 뿐.'을 말씀하셨지요.

　나는 하늘을 몰라. 나는 나무를 몰라. 나는 땅을 몰라.

　나는 새를 몰라. 나는 꽃을 몰라.

우리가 안다는 것은 대부분 자기 생각 속의 대상일 경우가 많습니다. 장미꽃을 바라보자마자 '장미꽃이네, 빨갛네, 예쁘네.'와 같은 해석과 생각이 바로 떠오릅니다.

'나는 몰라.' 하고 처음 장미꽃을 본 것처럼 바라보면 그 색이 얼마나 다양하고 생기가 있는지, 그동안 보지 못했던 면들이 보이기 시작합니다.

우리는 안다는 착각 속에 살아갑니다. 과거의 기억으로 만들어진 판단을 내려놓고 상대방의 말을 진정으로 들으려 할 때, 귀 기울일 때 관계는 변하기 시작합니다. 내 의견을 고집하고 상대를 판단하고 바꾸려는 것이 아닌 상대방을 있는 그대로 존중하고 받아들이게 됩니다.

아이들처럼 천진한 눈으로 처음 본 것처럼 사람을, 세상을 바라보면 매 순간이 새롭고 흥미진진하게 펼쳐질 것입니다.

1. 나는 나를 사랑합니다.

2. 내 인생의 주인공은 나입니다.

3. 있는 그대로의 나를 받아들입니다.

4. 나의 단점과 장점을 모두 인정합니다.

5. 어떤 생각을 해도, 어떤 감정을 느껴도 괜찮습니다.

6. 나는 건강하고 에너지 넘칩니다.

7. 나는 설레는 마음으로 변화의 흐름에 몸을 맡깁니다.

8. 나는 항상 나에게 주어진 최선의 길로 나아갑니다.

9. 나는 인생의 과정을 신뢰하므로 편안합니다.

10. 나의 세계에서 모든 것은 완벽합니다.

11. 나는 기쁨으로 충만하고 안전합니다.

12. 나를, 타인을, 세상을 있는 그대로 두고
    통제하려는 마음을 내려놓습니다.

13. 부정적인 감정과 생각도 모두 만나고 흘려보냅니다.

14. 기쁨과 평안은 내 심장의 모든 박동마다 나를 통과해 흐릅니다.

15. 나의 여성적인 에너지, 남성적인 에너지는 균형 잡혀 있습니다.

16. 무조건적인 사랑과 용서로 자유로워집니다.

17. 나는 나 자신에게 앞으로 나아갈 것을 허락합니다.

18. 새로운 길로 나아가는 것은 흥미롭고 설렙니다.

19. 몸과 마음이 긴장을 풀고 이완할 것을 허용합니다.

20. 나는 날마다 모든 면에서 좋아집니다.

21. 무상한 삶의 변화를 즐깁니다.

22. 생각의 한계를 내려놓고 무한한 가능성을 받아들입니다.

23. 매 순간을 새롭게 시작합니다.

24. 지금 여기에 밝게 깨어 존재합니다.

25. 가볍고 즐거운 인생을 선택합니다.

26. 내가 하는 건 다 잘한 것입니다.

27. 나는 아무런 잘못이 없습니다.

28. 과거는 모두 놓아주고 새로운 삶을 시작합니다.

29. 나는 마음먹으면 무슨 일이든 해낼 수 있습니다.

30. 나는 온전함, 사랑으로 보기를 선택합니다.

31. 내가 누리는 풍요에 감사합니다.

32. 나는 전적으로 나를 믿습니다.

33. 모든 일이 술술 잘 풀립니다.

뉴로빅Neurobics은 뇌신경세포 뉴런Neuron과 에어로빅Aerobics이 합쳐진 말로, 뇌신경 자극 활동을 뜻합니다. 미국 듀크 대학의 로런스 카츠 박사의 뇌 훈련 프로그램 '뇌를 일깨우는 에어로빅'에서 비롯되었습니다. 평소에 안 하던 새로운 활동이나 경험, 생각을 통해 뉴런을 자극하고 훈련하면, 운동을 해서 신체가 좋아지듯 뇌가 활성화되고 노화도 줄일 수 있다고 합니다. 오픈마인드 챌린지 100을 참고해 새로운 삶의 방식, 보기를 늘여나가 뇌도, 신체도, 인생도 건강하게 살아가길 바랍니다.

1 태어날 때부터 매년 있었던 일을
  훑으며 떠오른 생각과 감정 내려놓기

2 하루에 물 2리터 마시기
  (소금 1티스푼이나 레몬즙 넣어보기)

3 맨발로 땅이나 바닷가 30분 이상 걷기

4 오늘 하루 무조건 예스! 하기

5 관심 없는 분야 콘텐츠
  (책, 영상, 기사 등) 보기

6 안 가던 길로 걸어보기

7 코인 노래방 가서 노래 불러보기

8 노래방 가서 춤추며 노래 불러보기

9 슬픈 영화 보고 마음껏 울어보기

10 액션 영화 보고 소리 질러 보기

11 한 번도 안 먹어본 음식 먹어 보기

12 시집 한 권 읽어보기

13 글쓰기 작가 도전해보기

14 도서관 코너별 책 하나씩 읽어보기

15 자신을 위해 근사한 요리 해주기

16 어릴 적 배우고 싶었던 것 배워보기

17 어릴 적 먹고 싶었던 것 실컷 먹어보기

18 자신에게 동화책 읽어주기

19 거울 볼 때마다 눈을 바라보며
'사랑해, 고마워' 말하기

20 '나는 여왕(왕)이다! 생각하며
하고 싶은 말 해보기

21 '나는 왕자(공주)다! 생각하며
하고 싶은 말 해보기

22 운동장에서 땀나도록 달려보기

23 하루 종일 휴대폰 꺼놓기

24 턱걸이 도전하며 팔 근육키우기

25 팔굽혀펴기 하기

26 엘리베이터 안 타고 계단으로 걸어가기

27 신선한 야채와 과일로 한 끼 먹기

28 밥 먹을 때 한입에 50번 이상
씹고 삼키기

29 미소 지으며 일어나고,
미소 지으며 잠들기

30 30분마다 알람 맞춰서 심호흡 3번 하기

31 가족에게 사랑한다고 카톡 보내기

32 가족이나 친척에게 안부 전화하기

33 부모님에게 낳아주시고 키워주셔서
감사하다고 말하기

34 용서하지 못했던 사람 용서하기

35 눈에 보이는 모든 사람 축복하기
'감사합니다, 사랑합니다, 축복합니다'

36 10대, 20대, 30대 때 즐겨 듣던
노래 찾아 듣기

37 재미있게 본 영화 다시 보기

38 인생에 도움을 받은 책 사서
지인에게 선물하기

39 다정하게 눈동자 바라보고 대화하기

40 1년 동안 안 쓴 물건 정리하기

41 사고 싶었던 물건 행복하게 사기

42 돈 지불할 때 돈에 감사 인사하기

43 머리 스타일 완전히 바꿔보기

44 점원이 추천해주는 옷 입어보기

45 아침에 108배 해보기

46 부모님(선배) 잔소리 평온한 마음으로
들어보기

47 1분간 거울로 자기 얼굴과 눈 바라보기

48 거울 보며 하지 못한 말 하기

49 고급 음식점 가기

50 자신에게 꽃 선물하기

51 비닐봉지 들고 1시간 동안 걸으며
쓰레기 줍기

52 싫다는 말 해보기

53 무의식적으로 나오는 속마음
알아차리기

54 하루 종일 뭐 하는지 스케줄 적어보기

55 지역 도서관 가서 책 빌려보기

56 책 읽으며 좋은 문구 필사하고
생각 적어보기

57 유머글 찾아서 실컷 웃어보기

58 박물관이나 미술관 가보기

59 어색한 사람에게 먼저 말 걸기

60 놀이동산 가서 모든 놀이기구 타보기

61 오락실 가서 오락하기

62 잔디에 누워서 하늘 바라보기

63 동네 산책하며 사진 찍기

64 안 가본 산 등산하기

65 하루 묵언수행 하기

66 오래된 메일, 문자 메시지 삭제하기

67 냉장고에서 안 먹는 음식 버리기

68 볼링, 탁구, 배드민턴 등 스포츠
게임하기

69 카페 가서 안 마셔본 차 마셔보기

70 만나는 사람에게 칭찬하기

71 화분에 상추, 부추 키워 먹어보기

72 10분간 눈감고 명상하기

73 음악 크게 틀어놓고 듣기

74 왼손으로 글씨 쓰고, 그림 그려보기

75 봉사 단체 찾아가서 봉사하기

76 먼저 오는 버스 타고 안 가본 곳 가보기

77 가슴을 펴고 모델처럼 걷기

78 유머 찾아서 친구에게 이야기해주기

79 혼자 밥 먹으러 가보기

80 무서워서 못 봤던 영화 보기

81 어릴 적 듣고 싶었던 말 스스로 해주기

82 한 번도 안 만들어본 요리 해보기

83 돗자리, 도시락 챙겨서 소풍 가기

84 고전 소설, 명화 보기

85 베스트셀러 도서 분야별로 읽어보기

86 눈 감고 10미터 걸어보기(안전한 곳)

87 1분간 나무 안아보기

88 허벅지 1cm 더 들면서 걸어보기

89 비 오는 날 비 맞으며

천천히 걸어보기

90 눈에 보이는 모든 것에 감사하기

91 3분 이상 식물 자세히 쳐다보기

92 반려 식물 키우기

93 안 쓰는 앱 지우기

94 몸 움직임 알아차리면서 움직이기

95 어린 시절로 돌아간다면

하고 싶은 일 오늘 해보기

96 만나고 싶었던 사람에게 먼저

연락해보기

97 먹고 싶었던 음식 먹기

98 게으른 하루 보내기

99 기차 타고 여행하기

100 버킷리스트 작성해보기

감사의 글

지금의 저를 있게 해준, 그래서 이 책이 세상에 나올 수 있게 도와준 모든 인연에 감사합니다. 첫 책을 마무리 짓자 감사의 마음이 넘쳐흘러 계획에 없던 감사의 글을 쓰게 되었네요.

16년 전 행복의 길을 걸을 수 있도록 손잡아주신 원빈스님과 도우스님, 늘 감사하고 사랑합니다. 스님들의 가르침은 시간이 지날수록 마음속에서 익어가고 있어요.

자매에서 도반이 된 무여스님을 통해 '도반은 수행의 전부'라는 부처님의 말씀을 이해하게 되었어요. 행복의 길을 함께 갈 수 있어 든든하고 고맙고 사랑해요. 무여스님 덕분에 이렇게 사랑스러운 책이 나올 수 있었어요.

어려운 여건 속에서 출가의 인연을 맺어주신 은사 도경스님 감사합니다. 스님 덕분에 기쁘고 자유롭게 마음공부를 하고 있습니다. 천진불 같은 자광 노스님, 누구에게나 정성스레 합장하시던 스님의 빛나는 모습은 제 마음에 각인되어 있어요. 감사합니다.

무한한 사랑을 선물하는 가족에게 감사합니다. 해님 같이 웃는 아버지, 주고픈 마음 끝없는 어머니, 만나 뵐 때마다 포옹하고 사랑한다 말할 수 있어서 행복해요. 진정한 행복을 찾기 위해 삶에서 공부 중인 미루법우님과 복덕법우님 언제나 평안하기를 기도합니다. 사랑하는 지아야, 몸과 마음이 건강하고 어디서든 자유롭고 사랑 넘치는 영혼이 되기를 바란다.

네이버 카페에서 100일 감사 일기를 함께 쓰는 회원님들 덕분에 이 책을 기획할 수 있었어요. 감사하고 사랑합니다. 〈지금 여기 감사 일기〉를 모두 채우실 인연들에게도 미리 감사 인사를 전합니다. 100일 후 얼마나 달라진 삶을 살아가실지 궁금합니다.

내 눈앞에 나타난 인연들을 환대하며 정성스레 살아가겠습니다. 인연이 있거나 인연이 없거나 모든 이들이 언제나 평안하고 행복하기를 기도합니다. 감사합니다. 사랑합니다.

오늘 당신은 얼마나 친절한가.
스스로를 아끼는 것, 그리하여 다른 사랑을 아끼는 것, 그것이 친절이다.

_달라이라마

빛나는 나를 위한
100일 감사 일기와 분노 일기

지금 여기 감사 일기

ⓒ한산, 2022

초판 1쇄 2022년 12월 15일
초판 2쇄 2023년 1월 13일

지은이 한산
발행인 박주희
기획·편집 창작집단 일상다감사(한산, 무여)
디자인 무여
펴낸곳 그봄출판사
출판등록 2022년 9월 13일 제 2022-000003호
주소 경남 통영시 도남로 195, 4층 그봄출판사
이메일 see_asitis@naver.com
블로그 https://blog.naver.com/see_asitis

ISBN 979-11-980665-0-3 (03800)
파본은 구매처에서 바꾸어 드립니다.